少年读经典诗文

少年读元曲三百首

宋立涛　主编

民主与建设出版社
·北京·

图书在版编目（CIP）数据

少年读元曲三百首 / 宋立涛主编 . -- 北京：民主
与建设出版社，2020.7
（少年读经典诗文；5）
ISBN 978-7-5139-3077-2

Ⅰ.①少… Ⅱ.①宋… Ⅲ.①元曲—少年读物 Ⅳ.
① I222.9

中国版本图书馆 CIP 数据核字（2020）第 103002 号

少年读元曲三百首
SHAONIAN DU YUANQU SANBAI SHOU

主　　编	宋立涛	
责任编辑	刘树民	
总 策 划	李建华	
封面设计	黄　辉	
出版发行	民主与建设出版社有限责任公司	
电　　话	（010）59417747　59419778	
社　　址	北京市海淀区西三环中路 10 号望海楼 E 座 7 层	
邮　　编	100142	
印　　刷	三河市燕春印务有限公司	
版　　次	2020 年 8 月第 1 版	
印　　次	2020 年 8 月第 1 次印刷	
开　　本	850mm×1168mm　1/32	
印　　张	5 印张	
字　　数	58 千字	
书　　号	978-7-5139-3077-2	
定　　价	198.00 元（全六册）	

注：如有印、装质量问题，请与出版社联系。

前言

　　元曲，或称元杂剧，是盛行于元代的戏曲艺术，为散曲或杂剧的通称。相对于明传奇（南曲），后世又将元曲称为北曲。元曲与宋词及唐诗有着相同的文学地位。广义的曲泛指秦汉以来各种可入乐的乐曲，如汉大曲、唐宋大曲、民间小曲等。通常则多指宋朝以来的南曲和北曲，同词的体式相近，但一般在字数定格外可加衬字，较为自由，并多使用口语。分为戏曲（或称剧曲，包括杂剧、传奇等）与散曲两类，元明以来甚为流行。故后世有元曲之称。

　　自春秋时起，近三千年来，我华夏民族一直拥有深厚的诗、词、歌、赋传统，且代有擅绝，故史家王国维尝谓"楚之骚、汉之赋、六代之骈语、唐之诗、宋之词、元之曲，皆所谓一代之文学，而后世莫能继焉也。"对元曲的推崇，并不始于王静安先生，元明以来即多见于载籍。如元罗宗信《中原音韵·序》云："世之共称唐诗、宋词、大元乐府，诚哉！"从罗宗信的话来看，把"大元乐府"与"唐诗"、"宋词"并称，乃是当时一种普遍观念，故罗氏有"世之共称"语。罗宗信之后，明清时人如陈与郊、于若瀛、臧懋循、焦循等皆有相似的言论，如清焦循尝谓："有明二百七十年，镂心刻骨于八股……洵可继楚骚、汉赋、唐诗、宋词、元曲，以立一门户……夫一代有一代之所胜。"

元曲是中华民族灿烂文化宝库中的一朵奇葩，它在思想内容和艺术成就上都体现了独有的特色，和唐诗宋词鼎足并举，成为我国文学史上三座重要的里程碑。

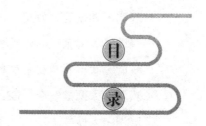

人月圆·重冈已隔红尘断

卜居外家东园

元好问

重冈已隔红尘①断，村落更年丰。移居要就，窗中远岫，舍后长松②。十年种木，一年种谷③，都付儿童。老夫惟有，醒来明月，醉后清风④。

注 释

①红尘：指烦扰的人世间。

②"移居"三句：暗用陶渊明《归去来兮辞》："云无心以出岫，鸟倦飞而知还。景翳翳以将入，抚孤松而盘桓。"

③"十年"两句：语出《管子·权修》："一年之计，莫如树谷；十年之计，莫如树木。"

④"老夫"三句：化用苏轼《赤壁赋》："惟江上之清风与山间之明月，……取之无禁，用之不竭。"

中吕·喜春来
春宴（四首）

元好问

一

春盘①宜剪三生菜，春燕②斜簪七宝钗。春风春酝③透人怀。春宴排，齐唱喜春来。

二

梅残玉靥香犹在，柳破金梢眼未开。东风和气满楼台。桃杏拆④，宜唱喜春来。

三

梅擎残雪芳心奈，柳倚东风望眼开。温柔樽俎小楼台。红袖绕，低唱喜春来。

四

携将玉友寻花寨，看褪梅妆等杏腮。休随刘阮到天台。仙洞窄，且唱喜春来。

注 释

①春盘：俗于立春取生菜，果品等置盘中为食，表示迎新。

②春燕：迎春时妇女所戴的燕形首饰。

③春醅：春酒。

④桃杏拆：桃花和杏花刚刚绽蕾欲放。

越调·小桃红

碧湖湖上柳阴阴

杨 果

碧湖湖上柳阴阴，人影澄波浸。常记年时对花饮。到如今，西风吹断回文锦①。羡他一对，鸳鸯飞去，残梦蓼②花深。

注 释

①回文锦：东晋前秦才女苏蕙被丈夫窦滔遗弃，织锦为"璇玑图"寄滔，锦上织入八百余字，回旋诵读，可成诗数千首。窦滔感动，终于和好如初。后人因以"回文锦"代指思妇寄给远方夫君的述情之物。

②蓼：植物名，多生于水边，入秋开淡红或白色小花。

赏花时·秋水粼粼古岸苍

［套　数］

杨　果

秋水粼粼^①古岸苍，萧索疏篱偎^②短冈。山色日微茫，黄花^③绽也，妆点马蹄香。

［胜葫芦］见一簇人家入屏帐^④，竹篱折补苔墙。破设设^⑤柴门上张着破网。几间茅屋，一竿风旆^⑥，摇曳挂长江。

［赚尾］晚风林，萧萧响，一弄儿^⑦凄凉旅况。见壁指^⑧一似桑榆侵着道旁，草桥崩柱摧梁。唱道^⑨向，红蓼^⑩滩头，见个黑足吕^⑪的渔翁鬓似霜。靠着那驼腰拗桩^⑫，瘿累^⑬垂脖项，一钩香饵钩斜阳。

注　释

①粼粼：水清澈貌。

②偎：靠近。

③黄花：菊花。

④屏帐：此指画屏。谓人家如在画中。

⑤破设设：残破的样子。

⑥风旆：指在风中飘扬的酒旗。

⑦一弄儿：全部，全都是。

⑧壁指：指墙壁。

⑨唱道：此曲固定嵌字。

⑩红蓼：红色蓼花。蓼是生在浅水的一种草。

⑪黑足吕：乌黑。足吕是助词，无义。

⑫驼腰拗桩：指弯曲的老树桩。

⑬瘰累：肿起的瘤块。

南吕·干荷叶

二　首

刘秉忠

一

干荷叶①，色苍苍，老柄风摇荡，减了清香，越添黄。都因昨夜一场霜，寂寞在秋江上。

二

南高峰，北高峰②，惨淡③烟霞洞。宋高宗，一场空。吴山④依旧酒旗风，两度江南梦。

注 释

①干荷叶：即咏鳏夫愁苦的。

②南高峰，北高峰：杭州西湖边上遥遥相对的两座山峰。

③惨淡：景色暗淡。

④吴山：俗名城隍山，又名胥山。

般涉调·耍孩儿

庄家不识构阑

杜仁杰

风调雨顺民安乐，都不似俺庄家快活。桑蚕五谷十分收①，官司无甚差科。当村许下还心愿，来到城中买些纸火。正打街头过，见吊个花碌碌纸榜，不似那答儿闹穰穰人多。

[**六煞**] 见一个人手撑着椽做的门，高声的叫"请请"，道"迟来的满了无处停坐"。说道"前截儿院本《调风月》，背后幺末敷演《刘耍和》"。高声叫"赶散易得，难得的妆哈"。

[**五煞**] 要了二百钱放过咱，入得门上个木坡。见层层叠叠团栾坐。抬头觑是个钟楼模样，往下觑却是人旋窝。见几个妇女向台儿上坐。又不是迎神赛社，不住的擂鼓筛锣。

[**四煞**] 一个女孩儿转了几遭，不多时引出一伙。中间里一个央人货。裹着枚皂头巾顶上插一管笔，满脸石灰更着些黑道儿抹。知他待是②如何过？浑身上下，则穿领花布直裰。

[**三煞**] 念了会诗共词，说了会③赋与歌。无差错。唇天口地无高下，巧语花言记许多。临绝末，道了低头撮脚，爨罢将幺拨。

[**二煞**] 一个妆做张太公，他改做小二哥。行行行说向城中过。见个年少的妇女向帘儿下立，那老子用意铺谋④待取⑤做老婆。

7

教小二哥相说合^⑥，但要的豆谷米麦，问甚布绢纱罗。

[一煞] 教太公往前挪不敢往后挪，抬左脚不敢抬右脚。翻来覆去由他一个。太公心下实焦躁^⑦，把一个皮棒槌则一下打做两半个。我则道脑袋天灵破，则道兴词告状，划地大笑呵呵。

[尾] 则被一泡尿，爆的我没奈何，刚捱刚忍更待看些儿个，枉^⑧被这驴颓^⑨笑杀我。

注释

①十分收：即丰收。十分，充足圆满的意思。

②待是：将要，打算。

③会：一会儿。

④铺谋：设计，谋划。

⑤取：同"娶"。

⑥说合：说媒。

⑦焦躁：着急烦躁。

⑧枉：白白地，徒然。

⑨驴颓：雄驴的生殖器。这是骂人的话。

仙吕·醉中天

咏大蝴蝶

王和卿

弹①破庄周梦，两翅驾东风。三百座名园、一采一个空。谁道风流种，唬杀寻芳的蜜蜂。轻轻飞动，把卖花人搧②过桥东。

注释

①弹：指两翅扇动。

②搧：这里意同"吹"。

双调·拨不断

大 鱼

王和卿

胜神鳌①，夯②风涛，脊梁上轻负着蓬莱岛。万里夕阳锦背③高，翻身犹恨东洋小。太公④怎钓?

注释

①神鳌:传说中的海上大鳌。

②夯:扛。

③锦背:色彩鲜艳美丽的鱼背。

④太公:即姜太公吕尚。

越调·小桃红

胖 妓

王和卿

夜深交颈效鸳鸯,锦被翻红浪。雨歇云收那情况,难当,一翻翻在人身上。偌①长偌大,偌粗偌胖,压扁沈东阳②。

注释

①偌:如此。

②沈东阳:南朝齐梁间诗人沈约,曾官东阳太守,人称沈东阳。沈约有《与徐勉书》:"百日数旬,革带常应移孔。"谓因多病而腰围瘦损。这里即以"沈东阳"借称瘦腰男子。

大石调·蓦山溪

［套 数］

王和卿

冬天易晚，又早黄昏后。修竹小阑干，空倚遍寒生翠袖。萧萧①宝马，何处狂游？

［幺］人已静，夜将阑②，不信今宵又。大抵为人图甚么，彼此青春年幼。似恁的③厮禁持，兀的不④白了人头。

［女冠子］过一宵，胜九秋⑤。且将针线，把一扇鞋儿绣。蓦听得马嘶人语，甫能⑥来到，却又早十分殢酒⑦。

［好观音］枉了教人深闺里候，疏狂性奄然⑧依旧。不成器乔公事⑨做的泄漏，衣纽不曾扣。待伊酒醒明白究。

［雁过南楼煞］问著时只办着⑩摆手，骂著时悄不开口。放伊不过耳朵儿扭。你道不曾共外人欢偶，把你爱惜前程⑪遥指定梅梢月儿咒。

注 释

①萧萧：马嘶鸣声。

②阑：深。

③恁的：这样的。厮：相。禁持：约束，拘束。

④兀的不：怎么不。

⑤九秋：九年。

⑥甫能：方才。

⑦㾞酒：病酒。

⑧奄然：安然。

⑨乔公事：混账事。乔，假。

⑩只办着：一味地。

⑪前程：将来。

越调·小桃红

杂　咏

盍西村

　　杏花开候不曾晴，败尽游人兴。红雪飞来满芳径。问春莺，春莺无语风方定。小蛮[1]有情，夜凉人静，唱彻醉翁[2]亭。

注　释

①小蛮：歌女。
②醉翁：本欧阳修自号，这里指作者自己。

双调·潘妃曲

一点青灯人千里

商　挺

　　一点青灯人千里。锦字凭谁寄？雁来稀。花落东君[1]也憔悴。投至[2]望君回。滴尽多少关山泪。

①东君：春神。
②投至：等到。

中吕·阳春曲
春　景

胡祇遹

几枝红雪墙头杏，数点青山屋上屏。一春能得几晴明？三月景，宜醉不宜醒。

残花酝酿蜂儿蜜，细雨调和燕子泥。绿窗春睡觉来①迟。谁唤起？窗外晓莺啼。

一帘红雨②桃花谢，十里清阴柳影斜。洛阳花酒一时别③。春去也，闲煞旧蜂蝶。

①觉来：醒来。
②红雨：飘落的桃花。
③洛阳句：用陈尧佐诗："洛阳花酒一时来"句。

越调·天净沙

宁可少活十年

严忠济

宁可少活十年，休得一日无权。大丈夫时乖命蹇①。有朝一日天随人愿，赛田文②养客三千。

注释

①时乖命蹇：时运不顺，命运不佳。

②田文：号孟尝君。战国时齐国的贵族。

双调·蟾宫曲

晓　起

徐　琰

恨无端报晓何忙。唤却金乌①，飞上扶桑②。正好欢娱，不防分散，渐觉凄凉。好良宵添数刻争甚短长？喜时节闰^③一更差甚阴阳？惊却鸳鸯，拆散鸾凰。犹恋香衾，懒下牙床^④。

①金乌：太阳。旧传日中有三足乌，故以"金乌"代日。

②扶桑：神树名。《山海经》说它高三百里，植于咸池之中，树上可居十个太阳。

③闰：在正常的时间中再增加出时间。阴阳：大道，此指道理。

④牙床：象牙床。

双调·蟾宫曲

商　女^①

卢　挚

水笼烟明月笼沙^②，淅沥秋风，哽咽鸣笳^③。闷倚篷窗，动江天两岸芦花。飞鹜鸟青山落霞^④，宿鸳鸯锦浪淘沙。一曲琵琶，泪湿青衫^⑤，恨满天涯。

注 释

①商女：歌女。

②"水笼"句：唐杜牧《泊秦淮》："烟笼寒月水笼沙。"

③笳：一种吹管乐器，其声凄厉。

④"飞鹜"句：唐王勃《滕王阁赋》："落霞与孤鹜齐飞。"鹜，野鸭。

⑤"泪湿"句：唐白居易《琵琶行》："座中泣下谁最多，江州司马青衫湿。"青衫，唐代官员品级最低之服色，后多作为卑官服色的代表。

双调·蟾宫曲

武昌怀古

卢 挚

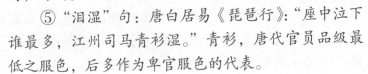

问黄鹤①惊动白鸥：甚②鹦鹉能言，埋恨芳洲③？岁晚江空，云飞风起，兴满清秋。有越女吴姬楚酒，莫虚负老子南楼④。身世虚

舟⑤，千载悠悠，一笑休休⑥。

注释

①黄鹤：武昌临江之黄鹄矶上有黄鹤楼，相传因仙人王子安乘黄鹤过此而得名。

②甚：怎么。鹦鹉能言：《礼记》："鹦鹉能言，不离飞鸟。"

③芳洲：指武昌的鹦鹉洲。语本崔颢《黄鹤楼》："芳草萋萋鹦鹉洲。"

④老子南楼：东晋六州都督庾亮镇武昌时，部属殷浩等乘秋夜共登南楼，庾亮忽至，众人敬欲避让。庾亮徐曰："诸君少住，老子于此处兴复不浅。"坐在胡床上同殷浩等率意交谈，见《晋书·庾亮传》。南楼，一名玩月楼，为武昌郡内的名胜。

⑤虚舟：空船。

⑥休休：安闲旷达的样子。

双调·湘妃怨

西　湖

卢　挚

湖山佳处那些儿[①]，恰到轻寒微雨时。东风懒倦催春事。嗔垂杨袅绿丝，海棠花偷抹胭脂。任吴岫[②]眉尖恨，厌钱塘江上词[③]。是个妒色的西施。

注释

①佳处那些儿：即"那些儿佳处"。

②吴岫：指吴山，在西湖东南。岫，峰峦。

③钱塘江上词：《春渚纪闻》、《夷坚志》等宋人笔记载，进士司马槱曾梦遇一美人献唱《蝶恋花》，上片为："妾本钱塘江上住，花落花开，不管流年度。燕子衔将春色

去，纱窗一阵黄昏雨。"司马櫎任职杭州后，美人梦中必来，方知她是南齐名妓苏小小的鬼魂。钱塘江，浙江下游杭州段。

双调·沉醉东风

咫尺的天南地北

关汉卿

咫尺①的天南地北，霎时间②月缺花飞。手执着饯行杯，眼阁着别离泪。刚道得声"保重将息③"痛煞教人舍不得。"好去者，望前程万里！"

①咫尺：比喻相距很近。

②霎时间：一会儿。

③将息：休息，调养。

双调·碧玉箫

秋景堪题

关汉卿

秋景堪题，红叶
满山溪；松径偏宜，
黄菊绕东篱。正清樽
斟泼醅①，有白衣②劝
酒杯。官品极，到底
成何济！归，学取他
渊明醉。

①泼醅：通"酸醅"，
一种重酿和未过滤的乡间
家常酒。

②白衣：犹言布衣，指平民。

双调·大德歌

春

关汉卿

子规①啼，不如归，道是春归人未归。几日添憔悴，虚飘飘柳絮飞。一春鱼雁②无消息，则见③双燕斗衔泥。

注释

①子规：即杜鹃鸟。
②鱼雁：书信的合称。
③则见：只见。

双调·大德歌

冬

关汉卿

雪纷纷，掩重门，不由人不断魂^①！瘦损江梅韵，那里是清江江上村！香闺里冷落谁瞅问？好一个憔悴的凭阑^②人！

注 释

①断魂：同"销魂"，形容人极度悲伤。

②凭阑："阑"同"栏"。意为倚着楼栏翘望。

中吕·普天乐

虚意谢诚

关汉卿

东阁^①玳筵开，煞强如^②西厢和月等。红娘来请："万福^③先生。""请"字儿未出声，

"去"字儿连忙应。下功夫将额颅④十分挣，酸溜溜螫⑤得牙疼。茶饭未成，陈仓老米⑥，满瓮蔓菁⑦。

注释

①东阁：汉武帝时丞相公孙弘延揽贤士、招待宾客的地方，这里代指请客的场所。玳筵：华贵的筵席。

②煞强如：即"强如"，胜过。和月等：在月光下长时间等待。

③万福：旧时女子向人一边屈身行礼，一边要口称"万福"，是祝颂对方多福的意思。

④额颅：头颅，脸面。挣：元人方言，漂亮。

⑤螫：这里是涩牙的意思。

⑥陈仓老米：粮仓中放了多时的陈米。

⑦蔓菁：萝卜。

双调·大德歌

冬

关汉卿

雪粉华①，舞梨花，再不见烟村四五家。

密洒堪图画，看疏林噪晚鸦。黄芦掩映清江下，斜缆著钓鱼艖②。

注　释

①雪粉华：［大德歌］首句平仄格律为"仄平平"，"雪粉华"当为"雪纷华"之误。关汉卿另有一首《大德歌·冬》，首句为"雪纷纷"，可证。

②艖：底小头尖的小船。

商调·梧叶儿

别　情

关汉卿

别离易，相见难，何处锁雕鞍①？春将去，人未还。这其间②，殃及杀③愁眉泪眼。

注　释

①锁雕鞍：锁住雕有花饰的马鞍，意谓力阻征人远行。

②这其间：这时候。其，借作"期"。

③殃及杀：连累到了极点。杀，同"煞"，得很、之至。

南吕·一枝花

不伏老

关汉卿

攀出墙朵朵花，折临路枝枝柳。花攀红蕊嫩，柳折翠条柔。浪子风流。凭着我折柳攀花手，直煞得花残柳败休。半生来折柳攀花，一世里眠花卧柳。

[**梁州**] 我是个普天下郎君①领袖，盖世界浪子班头。愿朱颜不改常依旧。花中消遣，酒内忘忧。分茶，攧竹②；打马，藏阄③。通五音六律④滑熟，甚闲愁到我心头。伴的是银筝女银台前理银筝笑倚银屏，伴的是玉天仙携玉手并玉肩同登玉楼。伴的是金钗客歌金缕⑤捧金樽满泛金瓯。你道我老也，暂休。占排场风月功名首，更玲珑又剔透。我是个锦阵花营都帅头？曾玩府游州。

〔隔尾〕子弟每是个茅草冈、沙土窝初生的兔羔儿乍向围场上走；我是个经笼罩、受索网、苍翎毛老野鸡踏踏的阵马儿熟。经了些窝弓冷箭镴枪头，不曾落人后。恰不道"人到中年万事休"，我怎肯虚度了春秋。

〔尾〕我是个蒸不烂、煮不熟、捶不匾、炒不爆、响珰珰一粒铜豌豆，恁子弟每谁教你钻入他锄不断、斫不下、解不开、顿不脱、慢腾腾千层锦套头？我玩的是梁园⑥月，饮的是东京酒；赏的是洛阳花⑦，攀的是章台⑧柳。我也会围棋、会蹴踘、会打围、会插科、会歌舞、会吹弹、会咽作、会吟诗、会双陆。你便是落了我牙、歪了我嘴、瘸了我腿、折了我手，天赐与我这几般儿歹症候。尚兀自不肯休。则除是阎王亲自唤，神鬼自来勾。三魂归地府，七魄丧冥幽。天哪，那其间才不向烟花路儿上走。

注释

①郎君：本称贵族子弟，元曲中常指浮浪子弟、

嫖客。

②分茶，擷竹：均为当时妓院中技艺。分茶，把茶均匀地分注在小茶杯里待客；擷竹即画竹。

③打马，藏阄：古代的两种博戏。打马，略似弹棋，用铜、象牙等为钱样，共54枚，上刻良马名，以骰子掷打决胜负；藏阄，古代的猜拳，在酒席上，握松子等小物件，猜所藏多少的游戏。

④五音六律：指音乐。宫、商、角、徵、羽为五音，黄钟、太簇、姑洗、蕤宾、夷则、无射为十二律中阳声之六律。

⑤金缕：古调《金缕衣》"劝君莫惜金缕衣，劝君惜取少年时。"此处指唱曲。

⑥梁园：汉梁孝王经营的兔园，此处指汴京。

⑦洛阳花：指牡丹。

⑧章台：汉长安街名。

仙吕·寄生草

饮

白　朴

长醉后方①何碍，不醒时有甚思。糟腌两个功名字，醅②渰千古兴亡事，曲埋万丈虹霓志。不达时皆笑屈原非，但知音尽说陶潜是。

注释

①方：已。

②醅（pēi）：没有过滤的酒。渰：通"淹"。淹没。

双调·庆东原

暖日宜乘轿

白 朴

暖日宜乘轿，
春风堪信马①。恰
寒食②有二百处秋
千架。对人娇杏花，
扑人飞柳花，迎人
笑桃花。来往画船
边，招飐③青旗挂。

注释

①信马：骑马任其
驰骋。

②寒食：在清明节前一或二日。是日有禁止生火，食冷食的习俗。

③招飐：招展，飘动。青旗：旧时酒店前悬挂以招客的幌子。

仙吕·点绛唇

金凤钗分

白　朴

[点绛唇]金凤钗分，玉京人去，秋潇洒。晚来闲暇，针线收拾罢。

[幺]独依危楼，十二珠帘挂。风萧飒，雨晴云乍①，极目山如画。

[混江龙]断人肠处，天边残照水边霞。枯荷宿鹭，远树栖鸦。败叶纷纷拥砌石，修竹珊珊扫窗纱。黄昏近，愁生砧杵，怨入琵琶。

[穿窗月]忆疏狂②阻隔天涯，怎知人埋怨他？吟鞭醉袅③青骢马。莫吃秦楼酒，谢家茶，不思量执手临岐话。

[**寄生草**]凭阑久，归绣帏，下危楼强把金莲撒。深沉院宇朱扉亚④，立苍苔冷透凌波袜。数归期空画短琼簪，揾啼痕频湿香罗帕⑤。

[**元和令**]一从绝雁书，几度占龟卦。翠眉长是锁离愁，玉容憔悴煞。自元宵等待过重阳，甚犹然不到家。

[**上马娇煞**]欢会少，烦恼多，心绪乱如麻。偶然行至东篱下，自嗟自呀，冷清清和月对黄花。

注释

①云乍：云初散。

②疏狂：疏放狂荡，这里指所怀念的人。

③袅：弯曲下垂。

④朱扉亚：红色门关着。

⑤揾：揩拭。

金字经

夜来西风里

马致远

夜来西风里，九天^①雕鹗^②飞。困煞中原一布衣^③。悲，故人知未知？登楼意，恨无上天梯。

注释

①九天：指天空高远，古人认为天有九重。

②雕鹗：猛禽，均属鹰类。

③布衣：平民，这里是作者自称。

南吕·四块玉

马嵬坡^①

马致远

睡海棠^②，春将晚，恨不得明皇^③掌中看。

《霓裳》④便是中原患。不因这玉环，引起那禄山⑤，怎知蜀道难？

注 释

①马嵬坡：地名，又名马嵬驿。今陕西省兴平市西部。唐朝时由于安禄山叛乱，兵破潼关，逼近长安，唐玄宗李隆基带着杨贵妃出逃京师，行至马嵬驿时，三军不发。为平息兵谏，李隆基赐杨贵妃白绫自缢于此。

②睡海棠：形容美人娇艳妩媚。这里指贵妃杨玉环。

③明皇：唐玄宗李隆基。由于他在位期间创造出大唐盛世的"开元之治"，所以又称"明皇"。也说唐明皇。

④《霓裳》：《霓裳羽衣曲、舞》。相传此曲、此舞是由杨贵妃所创，由她主演，在当时是宫中盛演不衰的一个节目。

⑤禄山：安禄山，胡人，原为

渔阳节度使。天宝末年同史思明发动叛乱，史称"安史之乱"。

南吕·四块玉

洞庭湖①

马致远

画不成②，西施女，他本倾城③却倾吴。高哉④范蠡乘舟去，哪里是泛舟五湖？若纶竿⑤不钓鱼，便索⑥他学楚大夫。

注　释

①洞庭湖：即太湖，今江苏省苏州、无锡一带。又名五湖。此洞庭湖并非湖南的洞庭湖。

②画不成：描绘不出来。

③倾城：使整个城都倾倒了，这里是指西施的美貌。倾吴：指西施被越国献给吴王夫差，从而导致吴国的灭亡。

④高哉：真是高明呀。范蠡：春秋时越国的大夫。越亡于吴后，被吴拘为人质两年。后又返回越国，帮助越王勾践"卧薪尝胆"，志图恢复越国。最后国富民强，灭吴复国。后来他感到勾践为人"不可

同处安"，遂"乘舟泛海以外，终不返。"，在古代多以范蠡的行动当作功成后身退的典范。

⑤纶竿：钓竿。以纶为竿上钓绳。

⑥便索：就得。楚大夫：楚国大夫。这里是指与范蠡同时的文种。他与范蠡一同帮助越王勾践灭吴复国。吴复国后被勾践赐剑自刎。

双调·夜行船

秋思［套数］

马致远

百岁光阴一梦蝶①，重回首往事堪嗟。今日春来，明朝花谢，急罚盏②夜阑③灯灭。

［乔木查］想秦宫汉阙，都做了衰草牛羊野。不恁么④渔樵没话说。纵荒坟横断碑，不辨龙蛇⑤。

［庆宣和］投至狐踪与兔穴，多少豪杰。鼎足⑥虽坚半腰里折，魏耶？晋耶？

［落梅风］天教你富，莫太奢，没多时好天良夜。富家儿更做道你心似铁，争辜负了

锦堂风月⑦。

[**风入松**]眼前红日又西斜，疾似下坡车。不争镜里添白雪，上床与鞋履相别。休笑巢鸠计拙⑧，葫芦提⑨一向装呆。

[**拨不断**]利名竭，是非绝。红尘不向门前惹，绿树偏宜屋角遮，青山正补墙头缺：更那堪竹篱茅舍。

[**离亭宴煞**]蛩⑩吟罢一觉才宁贴⑪，鸡鸣时万事无休歇。何年是彻？看密匝匝蚁排兵，乱纷纷蜂酿蜜，急攘攘蝇争血。裴公⑫绿野堂，陶令白莲社⑬。爱秋来时那些：和露摘黄花，带霜分紫蟹，煮酒烧红叶。想人生有限杯，浑几个重阳节？嘱咐你个顽童记者⑭：便北海⑮探吾来，道东篱醉了也！

注　释

①梦蝶：传说庄子做梦变成蝴蝶，醒来后疑惑："不知周之梦为蝴蝶与，蝴蝶之梦为周与？"

②罚盏：指罚酒。

③夜阑：夜深的时候。

④不恁么：不这样。

⑤龙蛇：指墓碑上所写的字迹。

⑥鼎足：指三国时代，魏、蜀、吴鼎足三分天下。

⑦锦堂风月：指富贵家庭的繁华生活。

⑧巢鸠计拙：相传斑鸠生性笨拙，不会筑巢，于是借喜鹊巢产卵。故有"鸠占鹊巢"的成语。

⑨葫芦提：这里就是指糊涂的意思。

⑩蛩：蟋蟀。

⑪宁贴：舒服，惬意。

⑫裴公：唐时的裴度，他曾在洛阳筑"绿野草堂"。

⑬白莲社：一个组织，慧远发起，曾邀陶渊明参加。

⑭记者：记着。者，语助词。

⑮北海：东汉末的北海太守孔融，生性好客，此处表明作者谢客之意。

双调·落梅风

人初静

马致远

人初静，月正明，纱窗外玉梅①斜映。梅花笑人偏弄影，月沉时一般孤零②。

①玉梅：洁白如玉的梅花。

②孤零：孤单、冷清。

般涉调·耍孩儿
借 马

马致远

近来时买得匹蒲梢①骑，气命儿般看承爱惜。逐宵上草料数十番，喂饲得膘息胖肥。但有些秽污却早忙刷洗，微有些辛勤便下骑。有那等无知辈，出言要借，对面难推。

〔七煞〕懒设设牵下槽，意迟迟背后随，气忿忿懒把鞍来鞴。我沉吟了半晌语不语，不晓事颡人知不知？他又不是不精细，道不得"他人弓莫挽，他人马休骑"。

〔六煞〕不骑呵西棚下凉处拴，骑时节拣地皮平处骑。将青青嫩草频频的喂。歇时节肚带松松放，怕坐的困尻包儿款款移。勤觑着鞍和辔，牢踏着宝镫，前口儿休提。

　　[**五煞**] 饥时节喂些草，渴时节饮些水。着皮肤休使粗毡屈，三山骨②休使鞭来打，砖瓦上休教稳着蹄。有口话你明明的记：饱时休走，饮了休驰。

　　[**四煞**] 抛粪时教乾处抛，尿绰时教净处尿。拴时节拣个牢固桩橛上系。路途上休要踏砖块，过水处不教践起泥。这马知人义，似云长赤兔，如益德乌骓。

　　[**三煞**] 有汗时休去檐下拴，渲③时休教侵着颓。软煮料草铡底细。上坡时款把身来耸，下坡时休教走得疾。休道人忒寒碎④。休教鞭飐着马眼，休教鞭擦损毛衣。

　　[**二煞**] 不借时恶了弟兄，不借时反了面皮。马儿行嘱咐叮咛记：鞍心马户将伊打，刷子去刀莫作疑⑤。则叹的一声长吁气，哀哀怨怨，切切悲悲。

　　[**一煞**] 早晨间借与他，日平西盼望你，倚门专等来家内。柔肠寸寸因他断，侧耳频频听你嘶。道一声"好去"，早两泪双垂。

　　[**尾**] 没道理没道理，忒下的忒下的⑥。

恰才说来的话君专记，一口气不违借与了你。

注释

①蒲梢：原是骏马的名称。这里作者因爱马而夸马，把一匹贱价买来的瘦马称为"蒲梢"。

②三山骨：肋骨，一说指马的后脑骨。

③渲：用水洗刷。颏：指雄马的生殖器。

④忒：太，过分。寒碎：琐碎，反复唠叨之意。

⑤"鞍心马"二句：这两句是当时勾栏里的行话，叫做折白道字。"马""户"相合是"驴"字，"刷"字去"刀"是"吊"字，"驴吊"是骂人的粗话。

⑥忒下的：太忍心，太狠心。

仙吕·赏花时

掬水月在手

马致远

古镜当天秋正磨，玉露瀼瀼寒渐多。星斗灿银河。泉澄潦尽，仙桂①影婆娑。

［幺］不觉楼头二鼓过，慢撒金莲鸣玉珂。离香阁近花科，丫鬟唤我，渴睡也去

来啊。

[赚煞] 紧相催，闲笃磨。快道与茶茶^②嬷嬷，宝鉴妆奁准备着，就这月华明乘兴梳裹。喜无那^③，非是咱风魔。伸玉指盆池内蘸绿波，刚绰起半撮，小梅香也歇和^④，分明掌上见嫦娥。

注　释

①仙桂：指月亮。传说月亮中有桂树，高五百丈。

②茶茶：金元时对少女的美称，这里指年轻女佣。

③无那：无可奈何。

④歇和：凑在一起。

双调·拔不断

叹寒儒

马致远

叹寒儒，谩①读书。读书须索题桥柱②；题柱虽乘驷马车③，乘车谁买《长门赋》④？且看了长安回去。

注 释

①谩：徒然。

②题桥柱：西汉司马相如初赴长安，经过成都城北的升仙桥，在桥柱上题道："不乘高车驷马，不过汝下也。"见《华阳国志》。

③驷马车：四匹马共驾一辕所拉的车，为古代贵官所乘坐。

④《长门赋》：汉武帝皇后陈阿娇失宠幽居长门宫，奉

黄金百斤，请司马相如为作《长门赋》。相传武帝读后受到感动，恢复了对陈皇后的宠幸。

中吕·十二月过尧民歌

别　情

王实甫

　　自别后遥山隐隐，更那堪远水粼粼。见杨柳飞绵①滚滚，对桃花醉脸醺醺。透内阁香风阵阵，掩重门暮雨纷纷。怕黄昏忽地又黄昏，不销魂怎地不销魂？新啼痕压旧啼痕，断肠人忆断肠人！今春，香肌瘦几分，搂带②宽三寸。

①飞绵：即柳絮。

②搂带：缕带，即衣带。

商调·集贤宾

退 隐

王实甫

拈苍髯笑擎冬夜酒，人事远老怀幽。志难酬知机的王粲，梦无凭见景的庄周。免饥寒桑麻愿足，毕婚嫁儿女心休。百年期六分甘到手，数支干周遍又从头。笑频因酒醉，烛换为诗留。

［逍遥乐］江梅并瘦，槛竹同清，岩松共久。身外何求？笑时人鹤背扬州！明月清风老致优，对绿水青山依旧：曲肱北牖，舒啸东皋，放眼西楼。

［金菊香］想着那红尘黄阁昔年羞，到如今白发青衫此地游。乐桑榆酬诗共酒，酒侣诗俦，诗潦倒酒风流。

[醋葫芦] 到春来日迟迟兰蕙芳，暖溶溶桃杏稠。闹春光莺燕语啾啾，自焚香下帘清坐久。闲把那丝桐一奏，涤尘襟消尽了古今愁。

[幺篇] 到夏来锁松阴竹坞亭，载荷香柳岸舟。有鲜鱼鲜藕客堪留，放白鹤远邀云外叟。展楸枰消磨长昼，较亏成一笑两奁收。

[幺篇] 到秋来醉丹霞树饱霜，绽金钱菊弄秋。半山残照挂城头，老菱香蟹肥堪佐酒。正值着登高时候，染霜毫乘醉赋归休。

[幺篇] 到冬来搅清酣鸡语繁，漾茅檐日影稠。压梅梢晴雪带花留，倚蒲团唤童重荡酒。看万里冰绡染就，有王维妙手总难酬。

[梧叶儿] 退一步乾坤大，饶一着万虑休。怕狼虎恶图谋。遇事休开口，逢人只点头。见香饵莫吞钩，高抄起经纶大手。

[后庭花] 住一间蔽风霜茅草丘，穿一领卧苔莎粗布裘。捏几首写怀抱歪诗句，吃几杯放心胸村醪酒。这潇洒傲王侯，且喜的身登身登中寿。有微资堪赡赒，有亭园堪纵游。保天和自养修，放形骸任自由。把尘缘一笔

勾，再休题名利友。

[**青哥儿**] 呀！闲处叹蜂喧蜂喧蚁斗，静中笑蝶讪蝶讪莺羞。你便有快马，难熬我这钝炕头。见如今蔬果初熟，浊酒筼①，豆粥②香浮。大叫高讴，睁着眼张着口尽胡诌，这快活谁能够！

[**尾声**] 醉时节盘陀石上眠，饱时节婆娑松下走，困时节布衲里睡齁齁。偶乘闲细将玄奥剖，把至理一星星参透，却原来括乾坤物我总浮沤。

注　释

①筼：以篾编成的漉酒器。此处用作动词，漉酒。

②豆粥：煮着瓜豆等类的粥。

正宫·叨叨令 道情①

想这堆金积玉平生害

邓玉宾

想这堆金积玉平生害，男婚女嫁风流债。鬓边霜头上雪是阎王怪，求功名贪富贵今何在。您省②的也么哥？您省的也么哥？寻个主人翁早把茅庵盖。

注 释

①道情：道家勘破世态、清静无为的情味。

②省：明白。也么哥：语尾助词，无义，是〔叨叨令〕曲牌五、六句的定格。

正宫·叨叨令 道情

白云深处青山下

邓玉宾

白云深处青山下，茅庵草舍无冬夏。闲

来几句渔樵话，困来一枕葫芦架。您省的也么哥？您省的也么哥？煞强如①风波千丈担惊怕。

注 释

①煞强如：全然胜过。

南吕·一枝花

［套　数］

邓玉宾

连云栈①上马去了衔，乱石滩里舟绝了缆。取骊龙②颏下珠，饮鸩鸟③酒中酣。阔论高谈，是一个无斤两的风月担④，蛴螬⑤虫般舍命的贪。此事都谙，从今日为头罢参⑥。

［梁州第七］俺只待学圣人问礼于老聃⑦，遇钟离⑧度脱淮南，就虚无养个真恬淡。一任教春花秋月，暮四朝三，蜂衙蚁阵⑨，虎窟龙潭⑩。闹纷纷⑪的尽入包涵，只是这个舞东风的宽袖蓝衫。两轮日月是俺这长明朗不灭的灯龛，万里山川是俺这无尽藏长生药篮，一

合乾坤是俺这养全真的无漏仙庵⑫。可堪，这些儿钝憨，比英雄回首心无憾。没是⑬待雷破柱落奸胆，不如将万古烟霞付一簪⑭，俯仰无惭。

　　[随煞] 七颠八倒人谁敢，把这坎位离宫对勘的嵁⑮。火候抽添有时暂⑯，修行的好味甘。更把这谈玄口缄，什么细雨斜风哨⑰得着俺！

注　释

　　①连云栈：古栈道名，在陕西褒城与凤县之间，为历史上川陕之间的交通要道，依崖壁凿成，极其险峻。

　　②骊龙：传说中的黑龙。据《庄子·列御寇》载，骊龙生活于九重之渊，颔下有珠，必须等它睡着时才能探取，否则就会遭到生命危险。

　　③鸩鸟：一种有剧毒的鸟。以鸩羽浸酒，饮者会立刻死亡。

　　④风月担：元曲中通常代指烟花生涯，这里指不正经、不务正业。

　　⑤蝜蝂虫：据唐柳宗元《蝜蝂传》述，蝜蝂是一种性贪而拙的小甲虫，遇物则取之负于背上，虽困剧犹不止。

⑥罢参：不去谒见，也即不理睬。

⑦"俺只待"句：孔子曾前往周国，问礼于老子，见《史记·孔子世家》。圣人，指孔子。老聃，即老子，春秋战国间大哲学家，为后世的道教尊为祖师。

⑧钟离：钟离权，道教传说中的"八仙"之一。淮南：西汉淮南王刘安，因谋反罪入狱自杀，《神仙传》等则传说他得道升天成仙。但钟离权实为唐人；据《神仙传》载，度化刘安的是汉代的八公。

⑨蜂衙蚁阵：蜂房中群蜂簇拥蜂王如上衙参拜，称蜂衙；蚂蚁群聚如列战阵，称蚁阵。喻世俗的扰杂。

⑩虎窟龙潭：喻境地的险危。

⑪阗纷纷：乱纷纷。

⑫全真：保全先天的本性。无漏：无孔隙，修行者则常指无烦恼欲望的杂念。

⑬没是：与其。

⑭簪：指道簪，道家束发所用。

⑮坎位离宫：坎离的位置。在道家外丹术中，坎

为铅为水、离为汞为火；内丹术中坎为肾为气，离为心为神。嵓：严实。

⑯火候：道家借指修行时精、气、神在体内运行中意念的操纵程度。抽添：减少或增加。时暂：长久或暂时。

⑰哨：同"潲"，斜飘。

正宫·鹦鹉洲

山亭逸兴①

冯子振

嵯峨②峰顶移家住，是个不唧溜③樵父。烂柯④时树老无花，叶叶枝枝风雨。[幺]故人曾唤我归来，却道不如休去。指门前万叠云山，是不费青蚨⑤买处。

注释

①逸兴：超逸洒脱的兴致。

②嵯峨：山势高险的样子。

③唧溜：口语，迅速的意思。引申为伶俐、聪明。

④烂柯：腐烂了的斧子。据晋代任昉的《述异

记》载：晋时王质到信安郡石室山去伐木、砍柴，见两个年轻人一边下棋，一边唱歌，吸引得王质放下斧子听他们唱歌，看他们下棋。年轻人送给他一枚枣核状的东西，让他含在口里。他含着那东西，竟不知饥饿。过了一会儿，年轻人又问他："怎么还不走？"他起身，一看斧子，斧子的柄已全朽烂。王质后来回到家中，人们说他已去了百年。柯，斧柄。

⑤青蚨：一种水虫名。《淮南子》有"青蚨还钱"的传说。后以青蚨代指钱。

正宫·鹦鹉曲

夷门怀古①

冯子振

人生只合梁园②住，快活煞几个白头父。指他家五辈风流，睡足胭脂坡③雨。

［幺］说宣和④锦片繁华，辇路⑤看元宵去。马行街直转州桥⑥，相国寺⑦灯楼几处。

注 释

①夷门：战国魏都大梁（今河南开封）的东城门，后遂成为开封城的别称。

②梁园：西汉梁孝王刘武所建的园囿，位于今开封市东南。

③胭脂坡：唐代长安地名。

④宣和：宋徽宗年号（1119～1125）。

⑤辇路：天子车驾常经之路。此指汴京御街。

⑥马行街：宋代汴京（今河南开封）地名。孟元老《东京梦华录》："土市北去，乃马行街也，人烟浩闹。"州桥：又名汴桥、天汉桥，在汴京御街南，正对皇宫。

⑦相国寺：本北齐建国寺，宋太宗朝重建，为汴京著名建筑，其中庭两庑可容万人。《东京梦华录》载其元宵灯市情形："竞陈灯烛，光彩争华，直至达旦。"

正宫·鹦鹉曲
都门感旧①

冯子振

都门花月蹉跎住，恰做了白发伧父②。酒微醒曲榭回廊，忘却天街酥雨③。

[幺] 晓钟残红被留温，又逐马蹄声去。恨无题亭影楼心，画不就愁城惨处。

注释

①都门：京城，此指大都（今北京市）。

②伧父：贱俗的平民。南北朝时，南方人以之作为对北方人的鄙称。《晋书·周玘传》："吴人谓中州人曰伧。"

③天街酥雨：唐韩愈《早春呈水部张十八员外》："天街小雨润如酥。"天街，京城的街道。

正宫·鹦鹉曲

感　事①

冯子振

江湖难比山林住，种果父胜刺船②父。看春花又看秋花，不管颠风狂雨。[幺]尽人间白浪滔天，我自醉歌眠去。到中流手脚忙时，则靠着柴扉③深处。

注　释

①感事：这是全曲的第二十九首。

②刺船：划船，撑船。

③柴扉：用树条编织的门。

正宫·鹦鹉曲

野　客①

冯子振

春归不恋风尖②住，向老拙问讯槎父③。
叹匡山④李白漂零，寂寞长安花雨。[幺]指
沧溟铁网珊瑚⑤。袖卷钓竿西去⑥。锦袍⑦空醉
墨淋漓，是万古声名响外。

注　释

①野客：这是全曲的第十三首。

②风尖：又作风光。

③槎父：驾竹筏的人。

④匡山：地名。今河南省睢县或扶沟附近。李白
曾漂泊于此。

⑤沧溟：大海。铁网珊瑚：用铁网搜求奇珍、异
宝。珊瑚，海中的一种腔肠动物，骨质坚硬，色泽鲜
艳，可以做精美的装饰品。

⑥袖卷：唐王定保《唐摭言》与辛文房《唐才子
传》载李白曾捉月而沉江。西去：死了。

⑦锦袍：丝织袍衣。

正宫·鹦鹉曲

农夫渴雨

冯子振

年年牛背扶犁住①，近日最懊恼杀农夫。稻苗肥恰待抽花，渴②煞青天雷雨。［么］恨残霞不近人情，截断玉虹南去。望人间三尺甘霖，看一片闲云③起处。

注 释

①扶犁住：扶着犁耙干活谋生。指干农活为生。

②渴：盼望。

③闲云：不能成雨而任意飘荡的云。

正宫·鹦鹉曲

赤壁怀古

冯子振

茅庐诸葛亲曾住，早赚①出抱膝梁父②。笑谈间汉鼎③三分，不记得南阳④耕雨。叹西风卷尽豪华，往事大江东去。彻⑤如今话说渔樵，算也是英雄了处。

注释

①赚：诳骗。

②梁父：指《梁父吟》，乐府楚调曲名。今所传古辞相传为诸葛亮所作，表现清高厌世的隐士情怀。

③汉鼎：喻汉朝天下。

④南阳：诸葛亮曾隐居于南阳郡的隆中。

⑤彻：直至。

正宫·鹦鹉曲

野流新晴

冯子振

孤村三两人家住，终日对野叟田父。说今朝绿水平桥，昨日溪南新雨。［幺］碧天边岩穴^①云归，白鹭一行飞去。便芒鞋^②竹杖行春^③，问底是^④青帝^⑤舞处？

注　释

①岩穴：山洞。

②芒鞋：指草鞋。

③行春：在春天里行走，春游。

④底是：哪里是。

⑤青帝：指酒旗。

正宫·鹦鹉曲

忆西湖

冯子振

吴侬生长西湖住，舣①画舫听棹歌父。苏堤②万柳春残，曲院风荷③番雨。〔么〕草萋萋一道腰裙④，软绿断桥斜去。判兴亡说向林逋⑤，醉梅屋梅梢偃处。

注　释

①舣：船系岸。

②苏堤：曲院。

③风荷：均为西湖名胜景观。

④"草萋萋"句：从白居易《杭州春望》"草绿裙腰一道斜"化出。

⑤林逋：宋钱塘人，字君复。隐居于西湖孤山。以种梅养鹤自娱，有"梅妻鹤子"之称。

双调·寿阳曲

答卢疏斋①

朱帘秀

山无数，烟万缕，憔悴煞玉堂②人物。倚篷窗一身儿活受苦，恨不得随大江东去。

注　释

①卢疏斋：卢挚号疏斋，详见本书《作者小传》。

②玉堂：翰林院的别称。

正宫·塞鸿秋

代人作

贯云石

战西风几点宾鸿①至，感起我南朝千古伤心事②。展花笺欲写几句知心事，空教我停霜毫③半晌无才思。往常得兴时，一扫无瑕疵。

今日个病恹恹④刚写下两个相思字。

注 释

①宾鸿：大雁。因《礼记·月令》有"鸿雁来宾"语，故谓宾鸿。

②"感起"句：金吴激有《人月圆》词云："南朝千古伤心事，还唱后庭花。"颇著于世。故此处仅取歇后语意，"南朝千古伤心事"即伤心事。

③霜毫：白毛笔。

④病恹恹：病得萎靡不振、有气无力的样子。

中吕·红绣鞋

东村醉西村

贯云石

东村醉西村依旧，今日醉来日扶头①。直吃得海枯石烂恁时②休。将屠龙③剑，钓鳌④钩，遇知音都去当酒。

注 释

①扶头：醉酒的样子。

②恁时：这时节。

③屠龙:《庄子》说有个叫朱泙漫的，学习了三年，学得了宰龙的技术。后人常以此喻高超的本领。

④钓鳌:《列子》载渤海东有大鳌撑负着神山，结果被龙伯国的巨人一气钓走了六只。后因以钓鳌喻远大的抱负或雄豪的举止。

南吕·金字经

泪溅描金袖

贯云石

泪溅描金①袖，不知心为谁。芳草萋萋人未归。期，一春鱼雁②稀。人憔悴，愁堆八字眉③。

注释

①描金：以他色勾托金色的装饰手法。

②鱼雁：古人谓鱼、雁俱能传书，故以鱼雁代指书信。

③八字眉：又称鸳鸯眉，一种源于唐代宫中女子的眉式。韦应物《送宫人入道》:"宝镜休匀八字眉。"

越调·寨儿令①

鲜

于必仁

汉子陵，晋渊明，二人到今香汗青②。钓叟谁称，农父谁名，去就一般轻。五柳庄③月朗风清，七里滩浪稳潮平。折腰时心已愧，伸腰处梦先惊④。听，千万古圣贤评。

注释

①寨儿令：越调常用曲牌。又名柳营曲。定格句式是三三七、四四五、六六、五五五，共十一句十韵。

②汗青：史册。古代是在竹简上记事，书写前，必须先将竹简烧烤出水分才容易书写。

③五柳庄：陶渊明《五柳先生传》称：家门前有柳树五株，自号五柳先生。居处称五柳庄。后借此代指隐居之地。

④伸脚处梦先惊：东汉严光在富春山隐居时，汉光武帝刘秀曾将召回。与严光同睡一床。严光夜里竟将脚伸放在刘秀的肚子上。曲中引用此典是说伴君而眠，心惊肉跳。

双调·折桂令①

诸葛武侯②

鲜于必仁

草庐当日楼桑③，任虎战中原④，龙卧南阳⑤；八阵图⑥成，三分国峙⑦，万古鹰扬⑧。《出师表》⑨谋谟庙堂，《梁甫吟》⑩感叹岩廊，成败难量，五丈⑪秋风，落日苍茫。

注　释

①折桂令：双调常用曲牌。又名蟾宫曲。定格句式一般是六四四、四四四、七七、四四四，共十一句七韵。句子也可增减，特别是最后可减少或增，加四字一句。同词明显不同。

②诸葛武侯：即诸葛亮。蜀汉兴元元年（223）封武乡侯，简称武侯。

③楼桑：刘备的故乡，今河北省涿县。

④中原：泛指黄河中下游地区。汉末，刘备、关羽、张飞曾一度在中原地带寻求发展。

⑤龙卧南阳：即南阳卧龙。诸葛亮曾躬耕于此。徐庶在向刘备推荐诸葛亮时称他为"卧龙"。南阳，

即今河南省南阳市。在西南处有一卧龙岗，相传为诸葛亮隐居的地方。

⑥八阵图：诸葛亮创制的一种用兵阵法，聚石布城，城内练兵。

⑦三分国峙：三国鼎立。峙，对峙。

⑧鹰扬：大展雄威。

⑨《出师表》：诸葛亮准备北伐中原时写给蜀后主刘禅的表文。表中提出刘禅应"亲贤臣，远小人"，赏罚分明，虚心纳谏；还表现出自己要"鞠躬尽瘁，死而后已"的精神。谋谟：谋划献策。

⑩梁甫吟：又名"梁父吟"。本为乐府《楚调曲》。诸葛亮在曲中自比管仲、乐毅。岩廊：朝廷的意思。

⑪五丈：即五丈原。诸葛亮六出祁山时的驻军之地。因积劳成疾，于建兴十二年（234）秋天在此病卒。故址在今陕西省岐山县以西。

中吕·普天乐

平沙落雁

鲜于必仁

稻粱收，菰蒲秀①。山光凝暮，江影涵秋。潮平远水宽，天阔孤帆瘦。雁阵惊寒埋云岫②，下长空飞满沧洲③。西风渡头，斜阳岸口，不尽诗愁。

注释

①菰：多年生草本植物，开淡紫红色小花，生长在浅水里。嫩茎经黑穗病菌寄生后膨大，叫菱白，果实叫菰米，皆可吃。蒲：多年生草本植物，生于浅水或池沼中。秀：植物吐穗开花。

②雁阵惊寒埋云岫：化用王勃《滕王阁序》"雁阵惊寒，声断衡阳之浦"句。岫，山洞、山峰，在此指云涛似山峰。

③沧州：水边、江岸。

杂剧·沙门岛张生煮海

第一折

李好古

[那吒令] 听疏剌剌晚风，风声落万松；明朗朗月容，容光照半空；响潺潺水冲，冲流绝涧中。又不是采莲女拨棹声，又不是捕鱼叟鸣榔①动，惊的那夜眠人睡眼朦胧。

67

[**鹊踏枝**] 又不是拖环珮, 韵玎玲②, 又不是战铁马③, 响铮钹; 又不是佛院僧房, 击磬敲钟。一声声谑的我心中怕恐, 原来是厮琅琅④, 谁抚丝桐。

注 释

①鸣榔: 敲打横木使鱼惊动。榔, 船后横木。

②玎玲: 即叮咚, 象声词, 形容清脆的音响。

③铁马: 挂在宫殿庙宇檐下的金属片, 风一吹撞击有声。

④厮琅琅: 形容弹琴的声音。

杂剧·沙门岛张生煮海

第三折

李好古

[**正宫·端正好**] 一地里受煎熬, 满海内空劳攘①, 兀的不慌杀了海上龙王。我则见水晶宫血气从空撞, 闻不得鼻口内干烟焰②。

[**滚绣球**] 那秀才谁承望, 急煎煎做这

场。不知他挟着的甚般伎俩，只待要卖弄杀手段高强。莫不是放火光，逼太阳，烧的来焰腾腾滚波翻浪。纵有那雷和雨，也救不得惊惶。则见锦鳞鱼活泼剌③波心跳，银脚蟹乱扒沙④在岸上藏。但着一点儿，就是一个燎浆⑤。

注释

①劳攘：嘈杂纷乱，犹如说"闹闹攘攘"。

②炝（qiàng）：同"呛"。

③活泼剌：鱼跳的形象和声音。

④扒沙：或作"扒叉"，即乱爬。

⑤燎浆：被水烫或火烧后皮肤上起的水泡。

中吕·最高歌兼喜春水

诗磨的剔透玲珑

张养浩

诗磨的剔透玲珑，酒灌的痴呆懵懂①。高车大纛②成何用，一部笙歌断送。金波③潋滟④

浮银瓮，翠袖殷勤捧玉钟⑤。对一缕绿杨烟，看一弯梨花月，卧一枕海棠风。似这般闲受用⑥，再谁想丞相府帝王宫？

注释

①懵懂：糊涂。

②大纛：大旗。

③金波：指美酒。

④潋滟：水满满的样子。

⑤"翠袖"句：语出晏几道《鹧鸪天》词。玉钟，精美的酒盅。

⑥闲受用：随意的享受。

双调·水仙子

咏江南

张养浩

一江烟水照晴岚①。两岸人家接画檐。芰荷②丛一段秋光淡，看沙鸥舞再三。卷香风十里珠帘。画船儿天边至，酒旗儿风外飐③，爱杀江南！

注 释

①岚：山林中的雾气。

②芰荷：出水的荷。

③飐：被风吹得颤动。

双调·沉醉东风

班定远飘零玉关

张养浩

班定远①飘零玉关②，楚灵均③憔悴江干④。李斯⑤有黄犬悲，陆机⑥有华亭叹，张柬之⑦老来遭难。把个苏子瞻⑧长流了四五番。因此上功名意懒。

注 释

①班定远：即班超，东汉大将，封定远侯。

②玉关：玉门关。

③楚灵均：即屈原，字灵均。

④江干：江岸。

⑤李斯：秦始皇时的丞相，遭谗言被秦二世所杀。死前有欲牵黄犬逐狡兔而不得之叹。

⑥陆机：西晋文学家，遭谗言被杀。死前有"华亭鹤唳"之叹。

⑦张柬之：唐宰相。遭受谗言被贬后愤疾而死。

⑧苏子瞻：即苏轼，北宋文学家，因受党争牵连，多次遭到贬谪、流放。

中吕·朱履曲

弄世界机关识破

张养浩

弄世界①机关识破，叩天门意气消磨。人潦倒青山漫②嵯峨。前面有千古远，后头有万年多。量半炊③时成得什么？

注 释

①弄世界：周旋人生，在社会上施展心计。

②漫：徒然，此处有"莫要"之意。

③半炊时：饭熟的一半工夫，形容时间极短。

双调·折桂令

功名百尺竿头

张养浩

功名百尺竿头①，自古及今，有几个干休②：一个悬首城门③；一个和衣东市④；一个抱恨湘流⑤。一个十大功亲戚不留⑥；一个万言策贬窜忠州⑦。一个无罪监收，一个自抹咽喉。仔细寻思，都不如一叶扁舟。

注　释

①百尺竿头：喻已到极点。

②干休：白白地结束。

③悬首城门：指春秋时的伍子胥。他曾辅佐吴国打败楚、越二国，后受谗言而被吴王夫差迫令自杀。死前他痛心地要求把自己的头颅悬挂在京城东门之上，以亲睹日后越军入侵的惨象。

④和衣东市：指西汉的晁错。他在景帝时官御史大夫，上书请削诸侯封地以维护中央集权，后诸侯胁持景帝将他处死，"衣朝衣斩于东市"。东市，汉代长安的杀人刑场。

⑤抱恨湘流：指战国时代楚国的屈原。他曾任左徒、三闾大夫，力主抗秦，因于怀王、顷襄王时两度遭到放逐。屈原苦于无力挽回楚国衰亡的命运，愤然投入湘水自杀。

⑥"一个"句：指汉代开国功臣韩信，助汉高祖刘邦平定天下，却终为刘邦、吕后设计谋害，诛夷三族。十大功，韩信平生曾伐魏、徇赵、胁燕、定齐、破楚将龙且、围项羽于垓下，功高盖世，故后人有"韩信十大功劳"之说。

⑦"一个"句：指唐代的陆贽。他在德宗时任中书侍郎同门下平章事，上奏议数十篇，指陈时病，因而遭谗贬为忠州别驾。忠州，今四川忠县。

双调·百字折桂令

弊裘尘土压征鞍

白 贲

弊裘尘土压征鞍，鞭倦袅芦花①。弓剑萧萧②，一竟③入烟霞。动羁怀④西风禾黍，秋水蒹葭⑤。千点万点，老树寒鸦。三行两行，写高寒呀呀雁落平沙⑥。曲岸西边近水涡⑦，鱼网纶竿钓艖。断桥东下傍溪沙，疏篱茅舍人家。见满山满谷，红叶黄花。正是凄凉时候，离人又在天涯。

注　释

①鞭倦袅芦花：马鞭懒得像芦花那般摇动。

②萧萧：冷落貌。

③一竟：一直。

④羁怀：久客他乡的情怀。

⑤蒹葭：芦苇。

⑥写高寒：在天空中排列成字。呀呀：雁叫声。

⑦水涡：水流旋转处。

双调·蟾宫曲

梦中作

郑光祖

半窗幽梦微茫。歌罢钱塘①，赋罢高唐②。风入罗帏，爽入疏棂③，月照纱窗。缥缈见梨花淡妆，依稀闻兰麝余香。唤起思量，待④不思量，怎不思量。

①歌罢钱塘：宋洪迈《夷坚志》记载，进士司马槱曾梦遇一美人，向他献唱了一支《蝶恋花》，起首两句是："妾本钱塘江上住。花落花开，不管流年度。"司马槱任职杭州后，美人每晚梦中必来。后来人们才知道她是南齐名妓苏小小的鬼魂。

②赋罢高唐：战国时宋玉有《高唐赋》，写楚襄王梦游高唐，与巫山神女欢会。高唐，楚国台观名，在云梦泽中。

③疏棂：疏朗的窗格。

④待：打算。

仙吕·寄生草

酒

范 康

常醉后方何碍？不醉时有甚思！糟腌两个功名字，醅渰①千古兴亡事，曲埋万丈虹蜺志②。不达时③皆笑屈原非，但知音尽说陶潜是④。

注释

①醅（pēi）：未滤过的酒。淹：同"淹"。

②曲（qū）：酿酒用的酒母。虹蜺志：高贯长虹的远大志向。蜺，通"霓"。

③不达时：不识时务，或不通事理。

④"但知音"句：晋陶潜（陶渊明）性喜酒，酒人引为知音。

仙吕·寄生草

色

范　康

　　花尚有重开日，人决无再少年。恰情欢春昼红妆面，正情浓夏日双飞燕，早情疏秋暮合欢扇。武陵溪①引入鬼门关，楚阳台驾到森罗殿②。

注释

　　①武陵溪：陶渊明《桃花源记》述武陵人捕鱼为业，缘溪行，终于进入桃花源。诗文中因以"武陵溪"喻真善美的理想境地，元曲中更作为男女情乡的代指。

　　②楚阳台：宋玉《高唐赋》记楚襄王与巫山神

女欢会，神女自言"朝朝暮暮，阳台之下"。后因以"楚阳台"指称男女合欢之所。森罗殿：传说中阎王的居殿。

正宫·醉太平

相邀士夫

曾　瑞

相邀士夫①，笑引奚奴②。涌金门③外过西湖，写新诗吊古。苏堤④堤上寻芳树，断桥⑤桥畔沽醽醁，孤山山下醉林逋⑥。洒梨花暮雨。

注释

①士夫：自金元以来为一般男子通称，并不专指士大夫。

②奚奴：本指女奴，自宋以来的男女仆役通称。

③涌金门：旧名丰豫门，为杭州西城门。

④苏堤：即苏公堤。《武林旧事》："苏公堤，元祐中东坡守杭日所筑。"

⑤断桥：《武林旧事》："断桥，又名段家桥，万柳

如云，望如裙带。"

⑥林逋：北宋隐士，钱塘人。

双调·水仙子

展转秋思京门赋①

乔 吉

琐窗②风雨古今情，梦绕云山③十二层，香锁烛暗人初定。酒醒时愁未醒，三般儿挨④不到天明。巉地罗帏静⑤，森地⑥鸳被冷，忽地心疼。

注 释

①展转：即辗转。过来过去的意思。京门：京师城门。这里指大都的城门。

②琐窗：雕凿有连锁图案的窗子。俗名格子窗。

③云山：高耸入云的山峰。

④三般儿：具体指下文所说的罗帏静、鸳被冷和心疼。挨：等。

⑤巉地：即划地。平白无故的。

⑥森地：阴森寒冷。

双调·水仙子

赋李仁仲懒慢斋①

乔 吉

闹排场经过乐回闲②，勤政堂辞别撒会懒③。急喉咙倒唤学些慢。掇梯儿休上竿④，梦魂中识破邯郸。昨日强如今日，这番险似那番，君不见鸟倦知还？

注 释

①李仁仲：乔吉的相识朋友。其他不详。懒慢斋：李仁仲的斋名。

②闹排场：演戏。

③勤政堂：古代州府县任职办事的处所。

④掇梯儿上竿：元代俗语，是说端着梯子让你爬，待爬上去端梯人却离开了。意思是受他人怂恿而

上当受骗。

双调·水仙子

嘲少年

乔　吉

　　纸糊锹轻吉列①枉折尖，肉膘胶干支刺②有甚粘，醋葫芦嘴古邦③佯装欠。接梢儿④虽是诎，抱牛腰⑤只怕伤廉。性儿神羊也似善，口儿蜜钵也似甜，火块儿也似情展销忺⑥。

注　释

　　①轻吉列：轻飘飘的。

　　②干支刺：干、脆。

　　③古邦：鼓起。

　　④梢儿：钱。

　　⑤抱牛腰：捞大钱，攫取大量物资。

　　⑥忺（xiān）：高兴，欲望。

双调·水仙子

为友人作

乔 吉

搅柔肠离恨病相廉，重聚首佳期卦怎占？豫章城开了座相思店①。闷勾肆儿②逐日添，愁行货顿塌在眉尖③。税钱比茶船上欠④，斤两去等秤上掂⑤，吃紧的历册般拘钤⑥。

注 释

①豫章城：宋元时地名，今江西省南昌市。宋元戏曲小说有《双渐苏卿》，主要写庐江妓女苏小卿与书生双渐相爱，后来小卿被茶商冯魁以茶引三千买去。双渐赴京赶考回来时，在金山寺见到了小卿的题诗，所以追至豫章城。再后，双渐任临川令，方得与苏小卿团聚。曲借此来描写情人间相思的深重。

②勾肆：勾栏瓦肆的简称。是宋元以来随着城市经济的繁荣，在城市里形成的一种专供市民游乐的场所。也兼有市场作用。这里既有各种文艺的演出，也有各种物品的买卖及歌楼舞榭。

③行货：某一类货物。顿塌：囤积堆聚起来。眉尖：眼前。

④税钱比：追征的应按时交纳的税钱。欠：想念。

⑤等秤：称极小物品的秤，俗称戥子。为称药材、金银、珠宝的两、钱、分、厘。

⑥吃紧的：宋元俗语。紧要的，实在的。有时写作"赤紧的"。历册：账簿。拘铃：又写作"拘钳"。管制、约束的意思。

双调·水仙子

嘲楚仪①

乔 吉

顺毛儿扑撒②翠鸾雏，暖水儿温存比目鱼，碎砖儿垒就阳③台路。望朝云思暮雨，楚巫娥④偷取些工夫。殢酒⑤人归未，停歌月上初，今夜何如？

注 释

①楚仪：元代后期歌女。姓李，维扬人。相貌楚楚动人。乔吉有七曲题赠她。分别是《小桃红·楚

仪来因戏赠之》、《小桃红·别仪》、《折桂令·贾侯席上赠李楚仪》、《折桂令·会州判文从周自维扬来道楚仪李氏意》、《水仙子·席上赠李楚仪歌以酒送维扬贾侯》、《水仙子·楚仪赠香囊赋以报之》。

②扑撒：抚摩。

③阳台：男女合欢之处所。见宋玉《高唐赋序》。

④巫娥：巫山神女。

⑤瘵酒：沉溺于酒。

双调·水仙子

乐清箫台①

乔 吉

枕苍龙云卧品清箫②，跨白鹿春酣醉碧桃，唤青猿夜拆烧丹灶③。二千年琼树老，飞来海上仙鹤。纱巾岸天风细，玉笙吹山月高，谁识王乔④？

注 释

①乐清：浙江省东南沿海的一个县。临近瓯江口。

②苍龙：指苍劲曲折的松柏。品：吹。

③丹灶：炼丹炉。

④王乔：仙人。好吹笙作凤凰鸣，控鹤以冲天。

双调·折桂令

赠罗真真①

乔 吉

　　罗浮梦②里真仙，双锁螺鬟，九晕③珠钿。晴柳纤柔，春葱细腻，秋藕匀圆④。酒盏儿里央及出些腼腆⑤，画帧⑥儿上唤下来的婵娟。试问尊前，月落参横⑦，今夕何年？

注释

①罗真真：元代后期歌妓。

②罗浮梦：隋代赵师雄在罗浮遇白衣女子饮酒，酒醒睡于白梅树下。见《寻梅》注。

③晕：日月的外层光环。

④这三句分别赋腰、手指、胳膊。即腰如晴时之柳枝；指如削葱根；胳膊如藕节。

⑤酒盏儿：脸上的笑窝。又叫酒窝。腼腆：害羞而脸发红。央及：连带出。

⑥画帏：画卷。

⑦参横：参星横挂天上。参为二十八宿之一，早晨天亮时升起。

双调·折桂令

七夕赠歌者二首①

乔 吉

崔徽②休写丹青，雨弱云娇，水秀山明。箸点③歌唇，葱枝纤手，好个卿卿。水洒不着春妆④整整，风吹的倒玉立亭亭⑤，浅醉微醒，谁伴云屏？今夜新凉，卧看双星⑥。

黄四娘沽酒当垆⑦，一片青旗⑧，一曲骊珠⑨。滴露和云，添花补柳，梳洗工夫。无半点闲愁去处⑩，问三生醉梦何如？笑倩谁扶⑪，又被青纤，搅住吟须。

注释

①七夕：农历的七月初七晚上。相传：这晚被王母娘娘用金钗所划天河相隔一年的牛郎织女夫妻会在鹊桥上相会。此时城乡妇女欢歌庆贺，并向仙女乞

巧。所以又叫"乞巧节"。此曲题又作《苕溪七夕饭食赠崔徽卿李总管索赋》。可知此曲作于苕溪，今浙江吴兴县。

②崔徽：宋代歌妓。曾请画家为己画像赠心上人。

③箸点：痣。

④春妆：盛妆。

⑤玉立亭亭：即亭亭玉立。

⑥双星：牛郎织女星。

⑦当垆：卖酒。

⑧青旗：酒店的望子（招牌），即酒店门口高处插的酒旗。

⑨骊珠：从骊龙颌下采摘的珍珠。言其珍贵之极。此处比喻歌者声音婉转动听之极。

⑩去处：地方。

⑪倩：请。

双调·折桂令

丙子游越怀古①

乔　吉

逢莱老树苍云，禾黍高低，狐兔纷纭。半折残碑，空馀故址，总是黄尘。东晋亡也再难寻个右军^②，西施去也绝不见甚佳人。海气长昏，啼鴂^③声干，天地无春。

注释

①丙子：元至元二年（1336）。这年正是元攻占临安六十年。曲作于这年。

②右军：东晋书法家王羲之，曾官至右军将军。

③鴂（jué）：杜鹃鸟。

双调·清江引

笑靥儿

乔 吉

凤酥不将腮斗儿匀^①，巧倩^②含娇俊。红携玉有痕，暖嵌花生晕。旋窝儿粉香都是春。

注释

①腮斗：腮帮子，脸蛋。凤：凤仙花。又名指甲花。

②巧倩：美丽。

中吕·朝天子[1]

小娃琵琶[2]

乔 吉

暖烘，醉客，逼匝[3]的芳心动。雏莺声在小帘拢[4]，唤醒花前梦。指甲纤柔，眉儿轻纵，和相思曲未终。玉葱，翠峰，娇怯琵琶重。

注 释

①朝天子：中吕宫曲牌。又名朝天曲、谒金门。也可入正宫、双调。定格句式是二二五、七五、四四五、二二五，共十句十韵。

②琵琶：弹弦乐器。魏晋时从西域传入我国。宋金元时期与秦筝共同成为民间演唱艺术和戏曲艺术的重要伴奏乐器，也是青楼、歌馆、勾栏瓦肆中最常见的乐器。

③逼匝：紧紧围逼在一个狭小的地方。

④帘拢：窗子上挂的竹帘。

双调·卖花声①

悟 世

乔 吉

　　肝肠百炼炉间铁，富贵三更枕上蝶。功名两字酒中蛇②。尖风薄雪，残杯冷炙，掩清灯竹篱茅舍。

注释

　　①卖花声：双调常用曲牌。又可入中吕宫。定格句式是七七七、四四七，共六句五韵。

　　②酒中蛇：即"杯弓蛇影"的意思。

中吕·山坡羊

冬日写怀

乔 吉

　　朝三暮四，昨非今是，痴儿不解荣枯事①。

攒家私，宠花枝。黄金壮起荒淫志，千百锭买张招状纸^②。身，已到此；心，犹未死。

　　冬寒前后，雪晴时候，谁人相伴梅花瘦？钓鳌^③舟，缆汀洲^④。绿蓑不耐风霜透，投至有鱼来上钩。风，吹破头；霜，皴^⑤破手。

①痴儿：傻子、呆子。荣枯事：指沉浮盛衰转换的道理。

②招状纸：犯人供认罪状的文书。扬州刺史

③鳌：大鱼。

④缆：拴。汀洲：江河中的小块陆地。

⑤皴：皮肤受冻后裂开。

中吕·山坡羊

寓 兴

乔 吉

鹏抟九万①，腰缠十万，扬州鹤背骑来惯。事间关②，景阑珊③，黄金不富英雄汉。一片世情天地间。白，也是眼；青，也是眼④。

注 释

①鹏：大鹏鸟。抟：展翅抟击天空飞翔。《庄子·逍遥游》："鹏之徙于南冥也，水击三千里，搏扶摇而上者九万里。"前三句似引唐人小说《商芸小说》所记三人相聚所言之志。一说"愿为扬州刺史"；一说"愿多资财"；一说"愿骑鹤上升"。另一人则把他们三人所说化为一句"腰缠万贯，骑鹤上扬州。"

②间关：险阻。

③阑珊：残破。

④青白眼：青眼，眼睛正视，表示对人的喜爱或尊重；白眼，眼睛向上或向两旁看，现出白眼睛仁，表现对人的憎恶或轻视。晋代阮籍能为青白眼。

越调·小桃红

绍兴干侯索赋①

乔 吉

昼长无事簿书②闲，未午衙先散。一郡居民二十万。报平安，秋粮夏税咄嗟③儿办。执花纹象简，凭琴堂书案，日日看青山。

注 释

①绍兴：元代郡名，今浙江省绍兴市。干侯：可能是当时绍兴太守。

②簿书：公务文书。

③咄嗟：叱咤。此处作一呼一喏一间，即一霎间、顷刻。

越调·小桃红

春闺怨

乔 吉

玉楼风迣①杏花衫，娇怯春寒赚。酒病十朝九朝嵌②。瘦岩岩，愁浓难补眉儿淡。香消翠减，雨昏烟暗，芳草遍江南。

注释

①迣（wǔ）：风吹动。
②嵌：深陷。

越调·小桃红

赠朱阿娇①

乔 吉

郁金香②染海棠丝，云腻宫鸦翅③，翠厣眉儿画心字，喜孜孜④。司空⑤休作寻常事。

樽前但得，身边服侍，谁敢想那些儿。

注释

①朱阿娇：元后期的女艺人。

②郁金香：多年生草本花，百合科。花有紫、红、白、黄等，鲜艳异常，香气芬芳。可作香料。

③宫鸦翅：一种如鸦羽毛样的发式。

④孜孜：喜悦极了。

⑤司空：即"司空见惯"的略词。中唐时，刘禹锡被罢官后在京任主客郎中，李绅司空因慕其材，曾邀至家中厚待。

越调·小桃红

晓 妆①

乔 吉

绀②云分翠拢香丝，玉线界③宫鸦翅。露冷蔷薇晓初试。淡匀脂，金篦腻点兰烟纸。含娇意思，殢人④须是：亲手画眉儿。

注释

①晓妆：早晨梳妆打扮。

②绀：深青色。

③玉线界：头上分发后显出的一条白线界限。

④殢人：纠缠的人。

双调·清江引

即　景

乔　吉

垂杨翠丝千万缕，惹住闲情绪。和^①泪送春归，倩^②水将愁去。是溪边落红^③昨夜雨。

注　释

①和：带。

②倩：请，托负。

③落红：落花。

双调·水仙子

吴江垂虹桥①

乔 吉

飞来千丈玉蜈蚣②，横驾三天白蝃蝀③，凿开万窍黄云洞④。看星低落镜中，月华⑤明秋影玲珑。赑屃金环重⑥，狻猊石柱⑦雄，铁锁囚龙⑧。

注释

①垂虹桥：在江苏吴江境内，此桥共有七十二洞，宋庆历八年（1048）建，原名利往桥。桥上有垂虹亭。

②蜈蚣：节肢动物，由许多环节构成，每节有脚一对。

③三天：天空。蝃蝀：虹。

④黄云洞：形容江水如祥云出桥洞。黄云，即祥云。

⑤月华：月光。

⑥赑（bì）屃（xì）：古代传说中的一种鳌，形似大龟，能负重。屃金环重，指垂虹桥的屃形桥墩支撑

着一个个像金环一样的桥洞。

⑦狻猊石柱：雕有狮子形的石栏杆。狻猊，狮子。

⑧铁锁囚龙：指垂虹桥像铁链一样，锁住了吴淞江。

双调·折桂令

客窗清明

乔 吉

风风雨雨梨花，窄索①帘栊②，巧小窗纱。甚③情绪灯前，客怀枕畔，心事天涯。三千丈④清愁鬓发，五十年春梦繁华。蓦⑤见人家，杨柳分烟⑥，扶上檐牙⑦。

注 释

①窄索：紧窄。

②帘栊：带帘的窗户。

③甚：正。

④三千丈：引用诗人李白的《秋浦歌》中："白发三千丈，缘愁似个长"诗意。

⑤蓦：突然。

⑥分烟：指清明日民间相互以新火互赠乡邻。

⑦檐牙：檐角向上翘的部位。

仙吕·醉中天

花木相思树

刘时中

花木相思树，禽鸟折枝①图。水底双双比目鱼，岸上鸳鸯户。一步步金厢②翠铺。世间好处，休没寻思，典卖了西湖③。

注释

①折枝：国画花卉画法的一种，指弃根干而单绘上部的花叶，形同折枝，故名。

②厢：通"镶"。

③"典卖"句：原句下有自注："宋谚有'典卖西湖'之语：台谏谓之'卖了西湖'，既卖则不可复；省院谓之'典了西湖'，典犹可赎也。无官守言责，则无往不可，此古人所以轻视轩冕者欤？"

双调·蟾宫曲

问人间谁是英雄

阿鲁威

问人间谁是英雄？有酾酒临江，横槊曹公①。紫盖黄旗②，多应借得，赤壁东风③。更惊起南阳卧龙④，便成名八阵图中⑤。鼎足三分，一分西蜀，一分江东。

注释

①"有酾（sī）酒"二句：苏轼《前赤壁赋》写曹操："酾酒临江，横槊赋诗，固一世之雄也。"酾酒，斟酒。槊，长矛。

②紫盖黄旗：两种象征王者的云气。三国魏黄初四年（223），东吴使者陈化来到洛阳，魏文帝曹丕要他说说魏吴对峙的结果，陈化回答："紫盖、黄旗，运在东南。"此即指东吴定国。

③"多应"二句：建安十三年（208）冬，东吴周瑜于赤壁（今湖北蒲圻西北）大破曹军，遇上了曹操向江南的推进。赤壁大战使用了火攻，故后人小说有"借东风"的渲染。

④南阳卧龙：诸葛亮汉末隐居南阳隆中（今湖北襄阳西），自比管仲乐毅，人称卧龙先生。

⑤"便成名"句：杜甫《八阵图》："功盖三分国，名成八阵图。"八阵图，聚石为天、地、风、云、龙、虎、鸟、蛇八阵，用于军事，传为诸葛亮所布作。《三国志·诸葛亮传》："推演兵法，作八阵图。"

双调·蟾宫曲

理征衣鞍马匆匆

阿鲁威

理征衣鞍马匆匆。又在关山，鹧鸪声中。三叠《阳关》①，一杯鲁酒②，逆旅新丰③。看五陵无树起风④，笑长安却误英雄。云树濛濛。春水东流，有似愁浓。

注　释

①三叠《阳关》：唐王维《送元二使安西》，有"劝君更尽一杯酒，西出阳关无故人"的名句。全诗四句，后人反复叠唱用作送别曲，称《阳关三叠》。

②鲁酒：春秋时鲁国所酿酒，味薄。

③逆旅新丰：唐代名臣马周未做官时客游长安，

住在新丰旅舍中，受尽店主人白眼。逆旅，旅舍。新丰，在今陕西临潼县东。

④"看五陵"句：语本杜牧《登乐游原》："看取汉家何事业？五陵无树起秋风。"五陵，西汉高祖长陵、惠帝安陵、景帝阳陵、武帝茂陵、昭帝平陵，均在长安一带。

中吕·朝天曲

沛公大风

薛昂夫

沛公①，《大风》②，也得文章用③。却教猛士叹良弓，多了游云梦④。驾驭英雄，能擒能纵⑤，无人出彀中⑥。后宫，外宗⑦，险把炎刘并⑧。

注　释

①沛公：刘邦于沛县（今属江苏）起兵抗秦，被众人立为沛公。

②《大风》：刘邦登基后于汉十二年（前195）还过沛县故乡，召故人父老置酒相会，自作《大风歌》。

③"也得"句：儒士陆贾常在刘邦前称说《诗》、《书》，刘邦骂他说：自己从马上得天下，要诗书何用。陆贾答道："居马上得之，宁可以马上治之乎？"

④"却教"二句：汉六年（前201），有人密告楚王韩信谋反。刘邦以游云梦为名，会诸侯于陈，乘机逮捕了韩信。韩信叹道："'狡兔死，走狗烹，高鸟尽，良弓藏；敌国破，谋臣亡。'天下已定，我固当烹。"

⑤能擒能纵：韩信曾言刘邦仅能带兵十万，而自己多多益善。刘邦笑曰："多多益善，何为为我禽（擒）。"韩信曰："陛下不能将兵而善将将，此信之所以为陛下禽也。"

⑥ 彀（gòu）中：箭所能射及的有效范围，后转指牢笼或圈套之中。

⑦"后宫"二句：后宫指刘邦的夫人吕后，外宗指吕后的侄子吕产、吕禄等人。刘邦死后，

吕后专权，吕产、吕禄皆入宫用事，朝中号令皆出于吕氏。

⑧炎刘：古人有"五德终始说"，以金、木、水、火、土之间的互生互克解释历朝兴亡。刘邦自谓以火德建汉朝，故称炎刘。并：吞并。

双调·水仙子

渡瓜洲①

赵善庆

渚莲花脱锦衣收，风蓼②青雕红穗秋，堤柳绿减长条瘦。系行人来去愁，别离情今古悠悠。南徐③城下，西津渡④口，北固⑤山头。

注释

①瓜洲：在江苏邗江县南之运河入长江处，与镇江隔岸相对，为著名的古渡口。

②蓼（liǎo）：植物名，生水边，开鞭穗状小花。

③南徐：今江苏镇江市丹徒县。

④西津渡：一名金陵渡，在镇江城西蒜山下的长江边。

⑤北固：山名，在镇江市内长江岸上，为著名的古要塞与名胜地。

越调·柳营曲

叹　世

马谦斋

手自搓，剑频磨，古来丈夫天下多。青镜摩挲，白首蹉跎，失志困衡窝^①。有声名谁识廉颇^②，广才学不用萧何^③。忙忙的逃海滨，急急的隐山阿^④。今日个，平地起风波。

注　释

①衡窝：简陋的栖身之所。衡，衡门，即横木为门。

②廉颇：战国时赵国名将，有破齐却秦之功。老来居魏国，赵王本欲起用，终因信谗言而不召。

③萧何：汉朝开国名臣，在知人、度势、保障兵饷、制定律法方面均有建树。刘邦天下既定、论功以萧何为第一。

④山阿：山曲隔处。

双调·水仙子

次　韵

张可久

蝇头老子五千言[①]，鹤背扬州十万钱[②]，白云两袖吟魂健[③]。赋庄生《秋水篇》[④]，布袍宽风月无边。名不上琼林殿[⑤]，梦不到金谷园[⑥]，海上神仙。

注　释

①蝇头：小字。老子所说的五千言：即《老子》，亦称《道德经》，计五千言，这是道家的主要经典著作。

②鹤背扬州十万钱：想中的好事，不但能够享尽富贵还能成仙。

③白云两袖：除了天上的白云，一无所有，也有清官之意。吟魂健：诗兴浓。

④《秋水篇》：《庄子》中的一篇，认为大小、是非、贵贱、有无的判断都是相对的。

⑤琼林殿：琼林苑，宋代乾德二年所建，皇帝赐

宴新科进士的场所。

⑥金谷园：为晋代豪贵石崇所建，在洛阳西北金谷涧，是当时王公贵族竞相悠游之处，这里作为富贵的象征。

双调·折桂令

次酸斋韵①

张可久

倚栏杆不尽兴亡。数九点齐州②，八景湘江③。吊古④词香，招仙笛响，引兴杯长。远树烟云渺茫，空山雪月苍凉。白鹤双双，剑客昂昂，锦语琅琅。

注释

①酸斋：贯云石的号。

②九点齐州：语出李贺诗"遥望齐州九点烟，一泓海水杯中泻"。写的是梦中升上天空，俯瞰大地。齐州，指中国，古时中国分为九州，故有"齐州九点"之说。

③八景湘江：即湘江八景。

④吊古：凭吊往古事迹。

中吕·普天乐
秋 怀

张可久

为谁忙，莫非命。西风驿马^①，落月书灯。青天蜀道难，红叶吴江冷^②。两字功名频看镜，不饶人白发星星。钓鱼子陵，思莼季鹰^③，笑我飘零。

注 释

①驿马：忙碌于驿站之间的马匹。

②"红叶吴江冷"一句：这里化用唐代崔信明诗句中的"枫落吴江冷"（《新唐书·崔信明传》），形容寂寥凄凉境况。

③思莼季鹰：西晋张翰，字季鹰，"因见秋风起，乃思吴中菰菜、莼羹、鲈鱼脍，曰，'人生贵得适志，何能羁宦数千里以要名爵乎！'遂命驾而归。"（《晋书·张翰传》）后因以"思莼"、"思鲈"、"莼羹鲈脍"，喻指归隐或思乡。

越调·寨儿令

次 韵

张可久

你见么，我愁他，青门几年不种瓜①。世味嚼蜡，尘事抟沙②，聚散树头鸦③。自休官清煞陶家，为调羹④俗了梅花。饮一杯金谷酒⑤，分七碗玉川茶⑥。嗏⑦！不强如坐三日县官衙。

注 释

①青门种瓜：汉代长安城东门因门色青称青门。召平在此种瓜。

②抟沙：捏聚散沙。

③聚散树头鸦：是西汉翟公的故事。他任廷尉时，宾客盈门；罢官后，客如鸦散，门可罗雀；复职后，昔日之客又欲登门，翟公于是便在门上写了几句话："一死一生，乃知交情；一贫一富，乃知交志；一贵一贱，交情乃见。"

④调羹：喻指宰相之职。此是指人一做官之后就会失去梅花般的品格，成为俗人。

⑤金谷酒：石崇常在所建的金谷园内宴请宾客，

饮酒作诗。

⑥玉川茶：唐代卢仝，自号玉川子。其《走笔谢孟谏议寄新茶》诗，有句云："一碗喉吻润，两碗破孤闷，……六碗通神灵，七碗……唯觉两腋习习清风生。蓬莱山在何处？玉川子，乘此清风欲归去。"

⑦嗏：元曲中常用词。有惊诧之意。

正宫·小梁州①

失　题②

张可久

篷窗风急雨丝丝，笑捻吟髭③。淮阳④西望路何之？无一个鳞鸿至，把酒问篙师。迎头便说兵戈事。风流再莫追思，塌了酒楼，焚了茶肆，柳营花市⑤，更呼甚燕子莺儿⑥！

注　释

①小梁州：正宫调曲牌。又名小凉州。两片，定格句式是上片七四、七三四；下片七六、三三四五，共十一句九韵。

②失题:"失题"、"无题"都指是不便言明之意,故隐其题。

③髭:短胡须。

④淮阳:今河南省东部。

⑤柳营花市:指青楼妓院。

⑥燕子莺儿:指妓女或艺妓的名字。

正宫·塞鸿秋

春 情

张可久

疏星淡月秋千院,愁云恨雨芙蓉面。伤情燕足留红线①,恼人鸾影闲团扇②。兽炉③沉水烟,翠沼残花片。一行写入相思传。

注 释

①燕足留红线:语出《丽情集·燕女坟》的典故:宋代末年,姚玉京嫁后夫亡,玉京守志一直奉养着公婆。常有双燕筑巢樑,一日,其中一只被鸷鸟抓去,而另一只则孤飞悲鸣,至秋飞落于玉京的臂上,与之告别。于是玉京用线系其足下,对它说"新春一定要来给我做伴。"次年,孤燕果然飞来。从此以后

秋去春来六、七年的时间，孤燕都会准时飞回来。后来玉京病逝，次年，孤燕又回来，落于玉京的坟头，最后死去。后人就以"燕足红线"比喻来形容失偶的悲伤。这里作者借用此典故来形容夫妻离别后的孤单和寂寞。

②团扇：引用《团扇歌》典故，也称《团扇郎》。《古今乐录》释此歌缘起，晋时中书令王珉喜爱白团扇，并与其嫂的婢女有情。后来其嫂便痛打婢女，由是婢女唱到"白团扇，辛苦五流连，是郎眼所见"。此曲取其孤寂时以团扇为伴，但团扇亦被阻隔，愁上又添苦之意。

③兽炉：兽形的香炉。

黄钟·人月圆
中秋书事

张可久

西风吹得闲云去，飞出烂银盘①。桐阴淡淡，荷香冉冉，桂影团团。

鸿都人远②，霓裳露冷③，鹤羽天宽④。文生何处，琼台夜永，谁驾青鸾⑤？

注 释

①烂银盘：喻明月。卢仝《月蚀》："烂银盘从海底出。"烂银，灿灿发亮的银。

②"鸿都"句：暗用白居易《长恨歌》"临邛道士鸿都客，能以精诚致魂魄"典。鸿都，洛阳宫门名，汉灵帝曾在此延招术士。

③"霓裳"句：《逸史》载术士罗公远曾于中秋之夕带领唐玄宗游月宫。见数百名仙女穿着宽大的衣裙在宫前舞蹈，玄宗默记舞曲，依谱而成《霓裳羽衣曲》。霓裳，轻薄的舞衣。

④"鹤羽"句：苏轼《后赤壁赋》述十五夜泛舟赤壁，夜半有孤鹤横江东来，在苏轼梦中化作一羽衣蹁跹的道士，此处暗用这一境界，鹤羽，指鹤。

⑤"文生"三句：唐太和年间书生文箫家贫，中秋节遇仙女吴彩鸾而结为夫妇，以彩鸾抄写《唐韵》卖钱度日，后二人同归仙班升天而去，见《历世真仙体道通鉴》。琼台，即瑶台，仙人居住之所。青鸾，青色凤鸟，相传为仙人的坐具。

中吕·卖花声

怀 古

张可久

美人自刎乌江岸①，战火曾烧赤壁山②，
将军空老玉门关③。伤心秦汉，生民涂炭④，
读书人一声长叹！

注 释

①"美人"句：当年的楚汉之争，项羽兵败乌
江，垓下被围，此时士兵的粮食已尽，四面楚歌，项
羽夜饮帐中，对美人虞姬慷慨悲歌。相传虞姬在项羽
歌毕之时，曾和诗以表情意，唱罢便自刎。于是项羽
连夜突围，至乌江（今安徽和县东北），自觉无颜见
江东父老，自刎于乌江岸。

②"战火"句：指汉末曹操与孙权、刘备在赤
壁（今湖北境内）交战，周瑜用火攻之策大败曹军的
故事。

③"将军空老"句：据《史记·大宛传》载，汉
武帝太初元年，汉军攻大宛，不得胜，于是请求罢
兵。汉武帝大怒，于是派人遮断玉门关，并下令，

"军有敢入者辄斩之"。使将士们白白送死或困死在玉门关外。

④生民：老百姓。涂炭：泥沼和炭火，比喻困境和苦难。

中吕·上小楼

隐 居

任 昱

荆棘①满途，蓬莱②闲住。诸葛茅庐③，陶令松菊④，张翰⑤莼鲈。不顺俗，不妄图，清高风度。任年年落花飞絮。

注 释

①荆棘：原泛指丛生多棘的灌木，在此比喻仕途险恶。

②蓬莱：原指传说中的海上仙山，在此比喻自己隐居的地方。

③诸葛茅庐：诸葛亮年轻时，隐居南阳，住在茅屋里亲自耕种。

④陶令：陶渊明曾当过83天的彭泽县令，他在弃官归隐时，曾写过一篇《归去来辞》，其中有"三

径就荒，松菊犹存"之句。

⑤张翰：晋代吴人张翰，在洛阳做官，一日见秋风起，想起了故乡的莼菜鲈鱼，遂弃官回故乡隐居。

双调·蟾宫曲

赠名妓玉莲

徐再思

荆山①一片玲珑。分付冯夷②，捧出波中。白羽香寒，琼衣露重，粉面冰融。知造化私加密宠，为风流洗尽娇红。月对芙蓉，人在帘栊。太华③朝云，太液④秋风。

注　释

①荆山：在湖北南漳县西，以产玉著称，名闻天下的"和氏璧"即产于此。

②冯夷：水神。

③太华：即五岳之一的华山，在陕西华阴县南。华山以山顶池生千叶莲花得名，又峰顶若莲形，称"玉井莲"。

④太液：皇家官苑内的池沼。《开元天宝遗事》："明皇秋八月，太液池有千叶白莲数枝盛开。"白居

易《长恨歌》:"太液芙蓉未央柳。"芙蓉即荷花,亦属莲。

中吕·普天乐

春日多雪①

王仲元

无一日惠风②和,常四野彤云③布。那里肯妆金点翠,只待要迸玉筛珠。这其间湖景阴,恰便似"江天暮"④。冷清清孤山⑤路,六桥迷雪压模糊。瞥见游春杜甫⑥,只疑是寻梅浩然⑦,莫不是相访林逋⑧。

注释

①多雪:原作多雨,据曲文内容改。

②惠风:春日的和风。

③彤云:浓暗的阴云,多出现于雪前。

④"江天暮":"江天暮雪"的简称,为"潇湘八景"之一,至元人时已成为习语。

⑤孤山:及下句的"六桥",均在杭州西湖。

⑥游春杜甫:杜甫有"三月三日天气新"、"黄四娘家花满蹊"一类诗句,元人即附会出"杜甫游春"

故事，且编为杂剧。

⑦寻梅浩然：元人间流传"孟浩然踏雪寻梅"故事，亦形诸杂剧。孟浩然，唐代诗人。

⑧相访林逋：指观赏梅花。林逋为北宋高士，隐居西湖孤山，植梅畜鹤，并以梅诗著名。

仙吕·后庭花

风满紫貂裘

吕止庵

风满紫貂裘，霜合白玉楼。锦帐羊羔酒①，山阴雪夜舟②。党家侯，一般乘兴，亏他王子猷③。

注 释

①"锦帐"句：北宋忠武军节度使党进性粗豪，每逢雪天，多在销金帐内低斟浅酌，饮羊羔酒。

②"山阴"句：晋王徽之居山阴（今浙江绍兴），大雪夜眠觉，忽忆戴逵，即乘夜驾船往剡溪就访。晨至戴家，以为"乘兴而来，兴尽而返"，不进门原路返回了。

③亏：不及。王子猷：王徽之字子猷。

正宫·脱布衫带过小梁州

草堂中夏日偏宜

张鸣善

草堂中夏日偏宜，正流金烁石天气。素馨花①一枝玉质，白莲藕双弯琼臂。　　门外红尘衮衮②飞，飞不到鱼鸟清溪。绿阴高柳听黄鹂。幽栖意，料俗客凡人知？

[幺]山林本是终焉计③，用之行舍之藏兮④。悼后世追前辈。对五月五日，歌楚些吊湘累⑤。

注　释

①素馨花：一种自西域移植我国南方的花，枝干似茉莉，夏日开白花。

②衮衮：同"滚滚"。

③终焉计：安身终老的安排。

④"用之"句：语本《论语·述而》："子谓颜渊曰：用之则行，舍之则藏。"意谓为朝廷所用，则施展平生所习之道；不为世用，则隐居潜藏以待时机。

⑤楚些：楚辞。湘累：战国时屈原，官至左徒、三闾大夫，因悲念楚国前途而投湘水自杀，世称"湘累"。累，无罪的死者。

正宫·塞鸿秋

浔阳即景

周德清

灞桥雪拥驴难跨①，剡溪冰冻船难驾②。秦楼美醖添高价③，陶家风味④都闲话。羊羔⑤饮兴佳，金帐歌声罢。醉魂不到蓝关⑥下。

注　释

①"灞桥"句：唐昭宗时的宰相郑綮，有"诗思在灞桥风雪中驴背上"的名言，而元人则附会出唐诗人孟浩然骑驴往灞桥踏雪寻梅的传说。灞桥，在长安东边的灞水上。

②"剡溪"句：东晋王徽之雪夜忽念友人戴逵，从山阴（今浙江绍兴）连夜乘船赶往剡溪（在浙江嵊县南）。天明到了戴家门前又打道回府，说是"乘兴而来，兴尽而返"。剡溪，水名。

③秦楼：妓楼。美醖：美酒。

120

④陶家风味：宋学士陶谷，同小妾取雪水烹茶，以为雅事，后人目为"陶家风味"。

⑤羊羔：一种酒名。

⑥蓝关：又名峣关，在今陕西省蓝田县境内。唐韩愈贬谪潮州，出京经过此地，有"雪拥蓝关马不前"的诗句。

双调·沉醉东风

有所感

周德清

羊续①高高挂起，冯驩②苦苦伤悲。大海边，长江内，多少渔矶？记得荆公③旧日题：何处无鱼羹饭④吃？

注 释

①羊续：东汉人。汉灵帝时任庐江、南阳二郡太守，为官廉正。同僚曾送他一条鱼，他推受不了，就挂在庭前。后来人们再要送鱼，他指着悬挂未动的鱼，示意无心收受。

②冯驩：战国时齐国孟尝君的门客。因初时不受赏识，弹铗（长剑）作歌云："长铗归去乎？食无鱼。"

③荆公：北宋王安石封荆国公，人称王荆公。

④鱼羹饭：以鱼羹做成的饭，借指江湖隐士的饭食。

双调·蟾宫曲
别 友

周德清

宰金头黑脚天鹅①，客有钟期②，座有韩娥③。吟既能吟，听还能听，歌也能歌。和白雪新来较可④，放行云飞去如何⑤？醉睹银河，灿灿蟾孤，点点星多。

注 释

①金头黑脚天鹅：名菜佳肴。

②钟期：即钟子期。春秋楚国人，精于音律。俞伯牙一曲《高山流水》，钟子期听而知之，遂为知音。

③韩娥：古代一位歌唱家。《列子·汤问》记载，她去齐国，途中缺粮，就以卖唱糊口，她的歌声极美，人走后，余音绕梁，三日不绝。

④和白雪新来较可：白雪，即《阳春白雪》，泛指高雅的乐曲。

⑤放行云飞去如何：《列子·汤问》："薛谭学讴于秦青，未穷其技，自谓尽之，遂辞归。秦青弗止，饯于郊衢，抚节悲歌，声振林木，响遏行云。"

正宫·醉太平

绕前街后街

钟嗣成

绕前街后街，进大院深宅。怕有那慈悲好善小裙钗①，请乞儿一顿饱斋②。与乞儿绣副合欢带③，与乞儿换副新铺盖，将乞儿携手上阳台④。设贫咱波奶奶！⑤

①小裙钗：年轻的女子。

②饱斋：饱饭。斋，施舍的饮食。

③合欢带：绣有花卉图案的腰带，多为新婚时所系。

④阳台：楚襄王与巫山神女会遇之处，因代指男女的交欢之所。

⑤设贫：念贪。咱波：语尾助词，略同干"着呀"，表示希望、请求的语气。

中吕·朝天子

归　隐

汪元亨

长歌咏楚词①，细赓和杜诗，闲临写羲之②字。乱云堆里结茅茨，无意居朝市。珠履三千③，金钗十二④，朝承恩暮赐死。采商山紫芝⑤，理桐江钓丝⑥，毕罢⑦了功名事。

注　释

①楚词：即楚辞，以屈原为代表的骚赋体文学。

②羲之：王羲之，东晋大书法家，尤擅行、草，有"书圣"之称。

③珠履三千：《史记·春申君列传》："春申君客三千余人，其上客皆蹑珠履。"

④金钗十二：白居易因牛僧孺相府中歌舞之妓甚多，在《答思黯（牛僧孺字）》诗中有"金钗十二行"之句。

⑤商山紫芝：商山在今陕西商县。秦朝有东园公等四名商山隐士服食紫芝，须眉皓白而得长寿，汉高祖召之不出，人称"商山四皓"。

⑥桐江钓丝：东汉高士严光拒绝光武帝的礼聘，隐居于富春江畔，垂钓自得。桐江，富春江严州至桐庐区段的别称。

⑦毕罢：结束，撇下。

双调·水仙子

吹箫声断更登楼

倪 瓒

吹箫声断更登楼，独自凭栏独自愁。斜阳绿惨红消瘦，长江日际流。百般娇千种温柔。《金缕曲》新声低按①，碧油车名园共游②，绛绡裙罗袜如钩。

注 释

①《金缕曲》：词牌名。亦指以爱惜青春、及时行乐为表现内容的乐曲，源自杜牧《杜秋娘》："劝君莫惜金缕衣，劝君惜取少年时。"

②碧油车：妇女所乘的一种有篷小车。

双调·雁儿落过得胜令

懒栽潘岳花

刘庭信

懒栽潘岳花^①，学种樊迟稼^②。心闲梦寝安，志满忧愁大。无福享荣华，有分受贫乏。燕度春秋社，蜂喧早晚衙。茶瓜，林下渔樵话。桑麻，山中宰相^③家。

注释

①潘岳花：晋代潘岳为河阳令，命令全县遍种桃李花，人号曰"河阳一县花"，此处指做官。

②学种樊迟稼：孔子的学生樊迟向孔子请教种庄稼的事，被孔子骂为"小人"（见《论语·子路篇》）。此处作者要"学稼"，指他志在退隐山林田园。

③山中宰相：南朝梁陶弘景隐居句曲山（即茅山，在今江苏境内），武帝礼聘不出，国有大事，辄就咨询，时称"山中宰相"。（典出《南史·陶弘景传》）原指有政治影响的隐士。后来也用来泛指弃官归田的人。

双调·水仙子

虾须帘控紫铜钩

刘庭信

虾须帘①控紫铜钩，凤髓茶②闲碧玉瓯，龙涎香冷泥金兽③。绕雕栏倚画楼，怕春归绿惨红愁。雾濛濛丁香枝上，云淡淡桃花洞口，雨丝丝梅子墙头。

注释

①虾须帘：带有流苏的精美帘子。
②凤髓茶：指名贵的香茶。
③泥金兽：以金粉饰面的兽形香炉。

南吕·梁州（摘调）

横斗柄珠星灿灿

汤 式

横斗柄珠星灿灿，界勾陈①银汉澄澄。恰行到梧桐金井潜身儿听。晃绿窗十分月色，隔幽花一片琴声。明出落②求鸾觅凤，暗包藏弄燕调莺。一字字冰雪之清，一句句云雨之情。卖弄他穷书生酸溜溜调美才高，迤逗③的俊女流急穰穰宵奔夜行，辱末煞老丈人羞答答户闭门扃④。那生，可称⑤，一峥嵘便到文园令⑥。富贵乃天命，长门赋黄金价不轻⑦。可知道显姓扬名。

注 释

①勾陈：北极星。

②出落：表现出。

③迤逗：惹逗。

④辱末：即"辱没"，玷辱。扃：关闭。

128

⑤可称：值得称道。

⑥文园令：管理汉文帝陵墓的官吏。

⑦"长门"句：汉武帝皇后陈阿娇失宠幽居长门宫，奉黄金百斤，请司马相如为作《长门赋》，武帝读后伤心，恢复了对陈皇后的宠幸，见《文选·长门赋》序。

双调·蟾宫曲

冷清清人在西厢

汤 式

冷清清人在西厢，叫一声张郎，骂一声张郎。乱纷纷花落东墙，问一会红娘，絮①一会红娘。枕儿余衾儿剩，温一半绣床，闲一半绣床。月儿斜风儿细，开一扇纱窗，掩一扇纱窗。荡悠悠梦绕高唐②，萦③一寸柔肠，断一寸柔肠。

注释

①絮：缠着人琐琐碎碎地说话。

②高唐：战国时楚国台观名，在云梦泽中。传说楚襄王曾在此与巫山神女交合，后人遂以"高唐"喻

男女欢会之所。

③萦：牵挂。

仙吕·寄生草

闲　评

兰楚芳

　　问甚么虚名利，管甚么闲是非。想着他击珊瑚列锦帐石崇[①]势，则不如卸罗襕纳象简张良[②]退，学取他枕清风铺明月陈抟睡。看了那吴山青似越山青[③]，不如今朝醉了明朝醉。

注　释

①石崇：西晋时的门阀贵族，豪华奢侈之极。一次，晋武帝的舅舅王恺把武帝赐给他高达二尺的珊瑚树，拿在他面前显耀，石崇见了立即用铁如意将珊瑚树打碎，然后从自己家里拿出五六个高达三、四尺的珊瑚树，给王恺看。又一次，王恺用紫丝布制成了一长达四十里的布障，石崇为了显示自己的富豪，竟用锦缎做成了一长达五十里的步障，压倒王恺。事分别见《世说新语》与《晋书》。

②张良：西汉初的开国重臣，后急流勇退，求仙

隐居，日以赤松子为食。

③宋高士林逋有《长相思》词，说："吴山青，越山青，两岸青山相送迎。"意思是游尽名山大川，踏遍青山。吴山、越山都在浙江钱塘江上。

正宫·叨叨令
黄尘万古长安路

兰楚芳

　　黄尘万古长安路，折碑三尺邙山①墓；西风一叶乌江②渡，夕阳十里邯郸树③。老了人也么哥，老了人也么哥！英雄尽是伤心处。

注释

①邙山：即北邙山，在洛阳城北。汉魏以来的帝王多葬于此。

②乌江：在今安徽省和县东北苏皖交界处的乌江镇一带。楚汉相争中，项羽兵败在此拔剑自刎。

③邯郸树：《枕中记》中的大槐树。

越调·寨儿令

鸳帐里

兰楚芳

鸳帐里，梦初回；见狞神①几尊恶象仪：手执金锤，鬼使跟随，打着面独脚皂纛旗②。犯由牌③写得精细，劈先里拿下王魁④，省会了陈殿直⑤，李勉⑥那厮也听者：奉帝敕⑦来斩你伙负心贼！

注 释

①狞神：狰狞凶恶的神。这里指阴曹地府里的小鬼判官。

②皂纛旗：黑色大旗。

③犯由牌：宣布犯人罪状及其缘由的告示牌。

④劈先里：最先的意思。王魁：宋元戏曲人物。

⑤省会：告知、照会。陈殿直：宋元戏曲小说人物，名叔文，曾授职殿直。授职后，因缺资无法赴任。得妓女兰英的全力资助。后又瞒着发妻同兰英结婚。船行至中途，又将兰英推入水中，欲求另欢。兰英鬼魂痛陈叔文负心，竭力向陈索命报仇。事见宋人

刘斧传奇小说《青琐高议》。

⑥李勉：宋元戏曲人物。因与他人私通而背叛妻子韩氏，为其岳父发现并严加训斥。李怀恨在心，趁机将妻子鞭打至死。

⑦帝敕：此指阴曹地府阎王的诏令。

双调·沉醉东风

维扬怀古①

兰楚芳

锦帆落天涯那搭②，玉箫寒江上谁家③？空楼月惨凄，古殿风潇洒。梦儿中一度繁华，满耳边声起暮笳④，再不见看花驻马。

注 释

①维扬：即古扬州，在今江苏省扬州市。

②"锦帆落"句：语出自晚唐诗人李商隐《隋宫》"玉玺不缘归日角，锦帆应是到天涯"。意思是说，隋炀帝游江南，如果皇权不是落李渊手中，他的锦帆游船一定会到达天的尽头。锦帆，豪华富丽的帆。此句翻化李前诗而成。

③"玉箫寒"句：语出自晚唐诗人杜牧《寄扬

州韩绰判官》:"二十四桥明月夜,玉人何处教吹箫。"曲中此句即翻化杜牧此诗而成。

④笳:即胡笳。我国北方民族常用的一种吹奏乐器。汉魏时常用于军乐。

双调·清江引

春梦觉来心自惊

兰楚芳

春梦觉来心自警,往事般般①应。爱煞陶渊明,笑煞胡安定②,下梢头③大都来不见影。

注 释

①般般:桩桩、件件。

②胡安定:晚唐诗人,名曾,字安定,邵阳(今湖南)人。有《安定集》一卷。热衷功名,屡试不第。

③下梢头:结果,最后。

双调·殿前欢①

兰楚芳

谛仙②醉眼何曾开，春眠花市侧。伯伦③笑口寻常开，荷锸埋④，曾何碍？糟丘⑤高垒葬残骸。先生也快哉！

注 释

①曲名又作［双调·殿前喜过播海令·大喜人心］，共三支曲子，这里只选了其中第一支曲子。

②谛仙：指唐代诗人李白。

③伯伦：即刘伶，字伯伦。

④荷锸埋：扛着铁锹埋。《晋书·刘伶传》：伶"尝乘鹿车，携一酒壶，使人荷锸而随之，谓曰：'死，便埋我！'"

⑤糟丘：酒糟堆积得像山一样。

正宫·醉太平

利名场事冗

兰楚芳

利名场事冗①，林泉下心冲②。小柴门画戟古城东，隔风波数重。华山云不到阳台梦③，磻溪水不接桃源洞④，洛阳城不到武夷峰⑤。老先生睡浓。

注 释

①冗：过于繁复杂乱。

②冲：淡泊、冲和。

③华山云：相传南朝宋时，一士子从华山畿经过，遇到一名少女，突然产生爱慕之情，但是又苦于没机会亲近，郁郁而死。后士子的葬车过华山至少女家门口时，牛不行，车不前。少女梳妆打扮而出，唱《华山畿》歌。这个时候棺木应声而开，少女入棺，与士子合葬华山畿下。阳台梦：即高唐神女与楚王的故事。述巫山神女主动献身楚王，朝云暮雨，欢娱一时。

④磻溪：在今陕西省宝鸡县西南的渭河畔上。相传殷周时周文王曾访姜子牙于此。桃源洞：即刘晨、阮肇深山采药所见天台山神仙境界。

⑤洛阳：今河南省洛阳市。中国著名的古都之一，很多朝代在此建都。武夷峰：即武夷山。在今福建省西北部。古代为"道阻未通，川雍未决"的荒凉地方。

正宫·醉太平

急烹翻蒯彻

兰楚芳

急烹翻蒯彻①，险饿死灵辄②。今人全与古人别，渐学些个转折③。撩胡蜂赤紧冤了毒蝎④，钓鲸鳌不上叉⑤了柴鳖，打青鸾无计扑了蝴蝶。老先生手拙⑥。

注 释

①蒯彻：即蒯通。

②灵辄：晋灵公时的人。家庭甚贫，后得赵宣子赏给他父子饭食，方得维持生计。在赵屠两家的矛盾斗争中，晋灵公曾派他去刺杀赵宣子，他感其恩不

忍，倒戈解救了赵宣子。

③转折：回头。

④撩：取。赤紧：紧要。

⑤又：扎。

⑥拙：笨、愚。

双调·水仙子

怨别离

王爱山

凤凰台上月儿高，何处何人品玉箫。眼睁睁盼不得他来到，陈抟①也睡不着，空教人穰穰劳劳②。银台灯将灭，玉炉中香渐消。业眼③难交。

注　释

①陈抟：北宋初年道教大师，最初修道于武当，后移居华山，常一睡百余日不起，是一位得道的睡中仙。

②穰穰劳劳：纷乱心烦。

③业眼：元朝时人口语，意思是作孽、可恨的眼。

双调·蟾宫曲

博山铜细袅

刘唐卿

博山铜①细袅香风，两行纱笼，烛影摇红。翠袖殷勤捧金钟，半露春葱。唱好是会受用文章巨公②，绮罗丛醉眼矇眬。夜宴将终，十二帘栊，月转梧桐。

注释

①博山铜：又名博山炉，表面雕刻有重叠的山形装饰。《西京杂记》曾有长安巧工丁缓制作九层博山香炉的记载，可见是一种昂贵的器物。

②唱好是：元曲中习见语，又作"畅好是"，是"真是"、"正是"的意思。文章巨公：指王约。王约博通经史，雅好文辞，故称"文章巨公"。

正宫·醉太平

讥贪小利者

无名氏

夺泥①燕口，削铁针头。刮金佛面细搜求。无中觅有。鹌鹑嗉②里寻豌豆，鹭鸶腿上劈精肉，蚊子腹内刳③脂油。亏老先生下手！

注释

①泥：指燕子筑巢所用的泥土。

②嗉：鸟类的嗉囊，位于食管下方。

③刳：剖挖。

中吕·朝天子

志 感

无名氏

不读书有权，不识字有钱。不晓事倒有人夸荐。老天只恁①忒②心偏，贤和愚无分辨。折挫英雄，消磨良善，越聪明越运蹇③。志高如鲁连④，德过如闵骞⑤，依本分只落的人轻贱⑥。

注 释

①恁：如此。

②忒：太。

③运蹇：命运恶劣。

④鲁连：鲁仲连，战国时齐国的有名之士。

⑤闵骞：闵子骞，孔子弟子，以有德行称于世。

⑥轻贱：看不起（自己）。

双调·蟾宫曲

酒

无名氏

酒能消闷海愁山。酒到心头，春满人间。这酒痛饮忘形，微饮忘忧，好饮忘餐。一个烦恼人乞惘①似阿难②，才吃了两三杯可戏③如潘安④。止渴消烦，透节⑤通关⑥。注血和颜，解暑温寒。这酒则是汉钟离⑦的葫芦，葫芦儿里救命的灵丹！

注释

①乞惘：皱紧。

②阿难：如来弟子，其塑像多作悲苦状。

③可戏：漂亮的意思。

④潘安：即晋人潘仁，美男子。后代用其代指美男子。

⑤节：关节。

⑥关：经络点。

⑦汉钟离：传说中八仙之一。

正宫·醉太平

堂堂大元

无名氏

堂堂大元，奸佞当权。开河①变钞祸根源，惹红巾②万千。官法滥刑法重黎民怨，人吃人钞买钞何曾见，贼做官官做贼混愚贤。哀哉可怜。

注释

①开河：元顺帝至正十一年（1351），命工部尚

书贾鲁征发民伕二十万开浚黄河故道，以此民怨沸腾。变钞：元至正间更定钞法，在新钞兑换的方法和过程中多生弊端，导致物价踊腾。

②红巾：至正年间以韩山童、刘福通为首的农民起义军，以红巾裹首为标志，称红巾军。

中吕·十二月过尧民歌

看看的相思病成

无名氏

看看的相思病成，怕见的是八扇帏屏：一扇儿双渐小卿①，一扇儿君瑞莺莺②。一扇儿越娘背灯③，一扇儿煮海张生④。 一扇儿桃源仙子遇刘晨⑤，一扇儿崔怀宝逢着薛琼琼⑥。一扇儿谢天香改嫁柳耆卿⑦，一扇儿刘盼盼昧杀八官人⑧。哎天公天公，教他对对成。偏俺合孤另⑨。

注释

①双渐小卿：为元代家喻户晓的爱情故事。谓北宋书生双渐与庐州妓女苏小卿相爱，鸨母设计迫使

他赴汴京应试，而将小卿卖给茶商冯魁。贩茶船经镇江金山寺时，小卿题诗于上，考取功名的双渐凭此线索赶到豫章城，夺回小卿，有情人终成眷属。最早见南宋张五牛《双渐赶苏卿诸宫调》（今佚）。

②君瑞莺莺：《西厢》故事的男女主角张珙（字君瑞）与崔莺莺。故事源于唐元稹《会真记》，金董解元有《西厢记诸宫调》，元王实甫有《西厢记》杂剧。

③越娘背灯：宋刘斧《青琐高议》别集有《越娘记》，述西洛杨舜愈夜过茅屋，见一女子背灯面壁而坐，自述为越中女子鬼魂。杨舜愈为她迁葬，后越娘显形与杨舜愈交好。元人有《凤凰坡越娘背灯》杂剧（今佚）。

④煮海张生：潮州人张羽与东海龙君女琼莲相爱，得仙人助以银锅，可令海水沸腾。张羽煮海，龙君无奈，

终于答允了两人姻事。元李好古有《沙门岛张生煮海》演其事。

⑤桃源仙子遇刘晨：南朝宋刘义庆《幽明录》，载剡人刘晨、阮肇入天台山采药，遇仙女邀入家中，共同生活了半年，返乡后子孙已过七代。元王子一有《刘晨阮肇误入天台》杂剧。

⑥崔怀宝逢着薛琼琼：宋陈元靓《岁时广记》载薛琼琼为唐开元宫中筝手，于踏青时遇书生崔怀宝，两人一见钟情，后由唐明皇赐琼琼为崔妻。元代有郑光祖《崔怀宝月下闻筝》杂剧（已佚）。

⑦谢天香改嫁柳耆卿：元代民间传说，谓词人柳永（字耆卿）与妓女谢天香热恋，开封府尹钱可假意将谢天香娶作小妾，促使柳永进取功名，并在他得到状元后将谢天香归配柳永为妻。关汉卿有《钱大尹智宠谢天香》杂剧。

⑧刘盼盼昧杀八官人：宋妓女刘盼盼与衡州公子八官人相爱，终于冲破礼教禁锢，由官府判断成婚。关汉卿有《刘盼盼闹衡州》杂剧（今佚）。昧，此借

作"迷"。

⑨合：该。

双调·水仙子
爱我时长生殿对月说山盟

无名氏

爱我时长生殿①对月说山盟，爱我时华萼楼停骖缓辔行②，爱我时沉香亭③比并著名花咏。爱我时进荔枝浆解宿酲④，爱我时浴温泉走斝飞觥⑤。爱我时赏秋夜华清宴⑥，爱我时击梧桐腔⑦调成。爱我时为颜色倾城。

注释

①长生殿：在骊山（今陕西临潼境内）华清宫中的一所宫殿。又唐代帝、后的寝宫也称长生殿。

②华萼楼：即花萼楼，在长安兴庆宫西南，唐玄宗所建。骖：三匹马同拉的车。

③沉香亭：在兴庆宫图龙池东，亭以沉香木建成，故名。

④宿酲：隔夜的酒困。

⑤斝：三足酒杯。觥：角制的酒杯。

⑥华清：宫名，一名温泉宫，在临漳县骊山下。宫中有温泉池，名华清池。

⑦梧桐：指古琴。

小石调·归来乐

你看那秦代长城替别人打

无名氏

你看那秦代长城替别人打，汉朝陵寝被偷儿挖。魏时铜雀台①，到如今无片瓦。哈哈，名利场最兜搭②。班定远玉门关枉白了青丝发③，马新息④铜柱标抵不得明珠价。哈哈，却更有几般堪讶。

［幺］动不动说甚么玉堂金马⑤，虚费了文园⑥笔札。只恐怕渴死了汉相如⑦，

空落下文君再寡⑧。哈哈，到头来都是假。总饶你事业伊周文章董贾⑨，少不得北邙⑩山下。哈哈，俺归去也呀。

注释

①铜雀台：汉建安十五年（210）曹操在邺城（今河北临漳）所筑，以台上铸铜雀得名。台瓦可用作砚，为后人纷纷揭取。

②兜搭：纠缠不清。

③班定远：东汉班超官至西域都护，封定远侯。他在西域守边三十一年，有"但愿生入玉门关"之语。玉门关：在今甘肃敦煌县西。

④马新息：东汉马援于建武十七年（41）任伏波将军，南征交趾，立铜柱以表功，封新息侯。他回军时载一车薏苡，却被谗言诬指

为一车明珠，几于蒙冤。

⑤玉堂金马：玉堂殿、金马门，均为汉代的宫廷建筑，后因代指入朝任高官。

⑥文园：汉文学家司马相如曾任孝文园令，世称文园。

⑦渴死了汉相如：司马相如有消渴症（糖尿病），《西京杂记》并谓他因此不愈而死。

⑧文君再寡：卓文君为蜀中富豪卓王孙女，守寡时随司马相如私奔。

⑨伊周：伊尹与周公旦。前者协助商君成汤推翻夏桀，成汤死后又先后辅佐了两朝国君；后者辅弼武王灭纣建周，以后因成王年幼，还曾一度摄理国政。董贾：董仲舒与贾谊，均为汉代的大儒。

⑩北邙：洛阳城北山名，多墓葬，后遂成为坟地的代称。